幻想古書店で
珈琲を

心の小部屋の鍵

蒼月海里

角川春樹事務所

幻想古書店で珈琲を
心の小部屋の鍵

第一話　司、亜門と人の心について考える　9
幕間　身近で便利な珈琲　69
第二話　ツカサ・イン・アンダーグラウンド　89
幕間　猫とチョコレートと珈琲　151
第三話　司、亜門の真意を知る　173

I'll have coffee at an illusion old bookstore.
Kairi Aotsuki

人物紹介

亜門 あもん

古書店「止まり木」の店主。
本や人との「縁」を紡ぐ。
魔法使いを自称する悪魔。

名取 司 なとりつかさ

ひょんなことから不思議な
古書店『止まり木』で働く
ことになる。

コバルト

鮮やかな青髪で、
派手な身なり。
亜門の友人で、魔神。

アザリア
強大な力を持つ「大天使ラファエル」。風音の上司。
三谷太一 みたにたいち
新刊書店で働くアルバイト書店員。司の友人。
風音 かざね
ノルマを気にしすぎる天使。トーキョー支部所属、階級は「エンジェル」。
イラスト／六七質

本の頁をめくる音がする。

珈琲の残り香が、木の虚に拵えられたような店内に漂っていた。

壁も床も、どこもかしこも本で満たされた部屋には、ふたりの男がいる。

銀縁の眼鏡をかけた紳士――亜門と、派手な衣装をまとった青髪の青年――コバルトだ。

亜門は指定席たる彼のソファに、コバルトはその近くの席に腰を下ろして、手にした本を読みふけっている。

コバルトはテーブルの上に置いてあったコーヒーカップを手に取ってから、その中身をすっかり飲み干してしまったのに気付いた。

「おっと、失礼。おかわりをお持ちしましょうか？」

気付いた亜門が、顔を上げる。

「ん、そうだな。折角だし、ブックフェスティバルの時に出してくれた珈琲を淹れてくれないか？」

「テ・エ・カフェですか？」

「そうそう、それだ！」とコバルトは目を輝かせた。

「茶葉を切らしていなければ良いのですが」

亜門は苦笑しながら立ち上がる。そんな背中を見送りながら、コバルトは溜息を吐いた。

「珈琲も紅茶もそうだが、カップの中身を飲み干しても、無限に出てくればいいんだが。

そしたら、ずっとパーティーが出来るのに！」

「コバルト殿、物事には終わりがあるから良いのですぞ。限りがあるからこそ、その一杯をじっくりと、惜しみつつ、味わうことが出来るのです。無限に湧いてくるのであれば、有り難味もなくなりますからな」

亜門は、カウンターの向こうにある戸棚を開けながらそう言った。

「本も珈琲も、人生すらも、終わりがあるから良いのです。エピローグを見届けたことで、満足感も得られましょう。まあいずれも、終わってしまうのが寂しくはあるのですが」

開けられた棚の戸のせいで、コバルトからは亜門の表情は見えなかった。ただ、声色だけはいつものままだった。

コバルトは、空になったカップを見つめる。底には、薄らとコーヒーシュガーが残っていた。

「俺は、アモンのエピローグを見届けたくはないんだがな……」

漏らした独白は、珈琲の残り香とともに、木のテーブルへと染み込んでいったのであった。

第一話　司、亜門と人の心について考える

クリスマスが過ぎた神保町は、すっかり慌ただしくなっていた。

新年まで、残すところあとわずかとなっている。いつものように新刊書店に入ると、大きな紙袋を持った親子とすれ違った。紙袋の中からは、学習参考書が顔を出していた。受験勉強のラストスパートといったところか。

四階に上がると、丁度、三谷がいた。彼はフロアの片隅で、段ボールの箱を開けて重そうな本を取り出しているところだった。

「おはよう、三谷」

「ああ、名取か。いらっしゃい」

猫背気味の友人は、生気のない目を寄越してくる。相変わらずの様子に、苦笑が漏れた。

「今日も出勤だよ。接客の挨拶は要らないって」

「そうは言っても、これは癖みたいなもんだからな。朝礼の時に、接客用語を唱和するから、それがすっかり染みついてるんだ」

「……三谷も大変だな」

「ま、仕事だから」

三谷はそう言って、段ボールの中の本を抱えられるだけ抱える。

「重そうだな。それ、全部棚に差す分か？」

「そ。常備しなきゃいけない本の入れ替えだよ。年末年始で納品がストップしてるから、いまのうちに、こういうのをやっちゃうわけ」

納品が止まっているということは、棚に本の補充が出来ないということなんだろうか。

確かに、文庫を置いているフロアの棚は、やけに隙間が空いていた気がする。

その話を三谷にすると、彼は深い溜息を吐いた。

「そうなんだよ。年を越して納品が始まるまで、今の在庫で何とか持たせないといけないんだよな。文庫コーナーなんて商品の回転が早いから、この時期は死活問題だ。長編シリーズもののまとめ買いがあると、棚が一段空くこともあるからなぁ」

売り上げがあること自体は有り難いんだが、と三谷はしみじみと言った。

「……すごく初歩的なことを聞いて申し訳ないんだけど、棚に並んでる本って、現品限りなのか？」

「ああ。平積みにも面陳にもなっていない、棚差しだけのやつは、基本的にそうだな」と三谷はさも当然のように頷く。

「売れたら発注して、取次が在庫しているのを納品してくれるのを待つんだ。場合によっては、出版社の倉庫から出して貰うこともある。とにかく、棚に補充するまでは在庫切れってわけさ。例外はあるけど」

「棚に二、三冊置いておけば、在庫切れも起こさないんじゃ……」

私が遠慮がちにそう言うと、三谷は憐憫にも似た表情を私に向けた。

「お前、棚には限りがあるって、分かってる？」

「あっ」

三谷はフロアをぐるりと見渡す。所狭しと並んでいる本棚は、どれも大量の本を抱え込んでいる。

「ストックをするにも、ストッカーや倉庫に限りがあるしな。とにかく、今の状態がギリギリなんだよ。出来るだけ多種の本を置いて、あらゆるお客さんに満足して貰わないと」

「そういうものなのか……」

「そういうものなんだ。発売から十年以上経って、ほとんど動かなくなった本でも、それを目指してくるお客さんだっているからな。そういう熱心なお客さんに、本をちゃんと届けたいじゃないか」

「……そうだな」

三谷の真摯な横顔に、私も深く頷いた。

「って、つい、語っちゃったな。お前、出勤の途中なのに」

「あっ、そうだ！」

ハッと我に返り、三谷に別れを告げて奥へと向かう。

奥の壁には、唐突に木の扉が埋め込まれていた。魔法使いの住処たる、〝止まり木〟の入り口である。

私はそっと、その扉を開いた。

「おはようございます。遅くなりました……」

ふわりと珈琲の香りが私を包む。柔らかい灯りに照らされた木造の店内が私を迎えた。

「お早う御座います。お待ちしておりましたぞ」

奥から声が掛かり、珈琲のような髪色の立派な紳士がやって来た。店主の亜門だ。

数多の本棚に囲まれた彼は、正しく本で出来た森の賢者の佇まいだった。銀縁の眼鏡の向こうに見える双眸は穏やかであるが、猛禽の鋭さも兼ね備えている。

「三谷と話し込んじゃいまして……」

「それはむしろ、私も呼んで頂きたかったものですな」

亜門はくすりと笑う。

「でも、三谷は勤務中だったんで。流石に、延々と立ち話をするのは悪いですよ」

「では、彼の手伝いをしながら話をするのは？」

「いやいや。お客さんに手伝いなんてさせたら、三谷が怒られちゃいますって！」

「冗談です。彼を困らせるのは、本意ではありませんからな」

亜門は悪戯っぽく笑う。この茶目っ気にも、随分と慣れたものだ。

私は亜門にコートを託し、バッグを棚に仕舞い込んだ。そして、エプロンをつけて従業員の姿となる。

「そう言えば、〝止まり木〟は年末年始も関係ないんですよね。納品が止まるなんてこともないですし」

「当店は古書店ですからな」

クロークへと向かった亜門が返答を投げてくれる。

「そうですよね。って、あれ？」

「どうしました？」

「うちの本って、何処で仕入れてるんです？　お客さんから買取をしているの、見たことが無いんですけど……」

〝止まり木〟の店内には、かなりの密度で本棚が並んでいる。そのいずれも、上から下までびっしりと本が詰まっていた。

そして、その棚は大きく二種類に分かれている。

即ち、販売している本と、亜門の蔵書である。

亜門の蔵書の棚には、人の人生を綴った本と、お気に入りの本が並んでいる。その他の棚には、ちゃんと値段がついた本が並んでいるのだ。私も、そこから何冊か購入している。

「もしや、亜門がいつも大量に買い込んでいるのは……」

せどり、という言葉を思い出した。

掘り出し物を第三者に販売し、そこで利益を得ることである。古本をせどりする人がいるという話も、聞いたことがあった。

だが、そもそも、亜門が利益を得ようとしているとは思えない。ここは、富が余るほどにある彼の、道楽の店なのだ。

予想に反せず、戻って来た亜門は心外と言わんばかりに顔をしかめていた。

「私が買い込んでいるのは、私自身が欲している本ですからな。彼らは等しく、私の書棚に並びます」

「ですよね。すいません、無礼なことを……」

私は素直に頭を下げた。

「しかし、司君が疑問に思うのも無理はありません。司君は一度も、買取を希望されるお客さまと会っていないことですしな」

「というか、買取を希望するお客さんが来るんですね……！」

「古書店ですからな」

亜門は深く頷く。

「司君がいつも書棚に並べて下さっている本は、査定を終えたものですぞ」

「あ、そうなんですか。じゃあ、結構な量を買い取ってるんですね……」

「大量に持ち込まれる方もおりますからなぁ」

少し遠い目をしながら、亜門はぼやく。

「そうなると、僕がいない時に来るんですね」

「ええ。私が軒を借りている新刊書店に既定の営業時間があっても、当店は私がいる限り、休みはありませんからな」

亜門の言葉をもとに、一体、どんな人たちが買取を頼んでいるのかを導き出す。

私は何だかんだ言って、新刊書店の開店時間から閉店時間まで、〝止まり木〟で過ごすことが多い。それに加えて、亜門の先ほどの発言からして、件の客はその営業時間外に来るようだ。

「もしかして、コバルトさんみたいに亜門と同胞の……」

「ご名答。冴えてますぞ、司君」

亜門はパチンと片目をつぶってみせた。

なるほど、それならば納得だ。コバルトがいつもやってのけているように、彼らは新刊書店以外から〝止まり木〟にやって来られるのだ。

「すれ違いになってるのは、ちょっと残念ですね。どんな方達か見てみたい気もしますけど」

「では、司君がいるうちに訪ねて来るようにと、お願いしておきましょうか？」

「え、い、いや、それは申し訳ないです……！」

亜門はあっさりと言うが、相手は恐らく魔神だ。そんな相手に、この庶民にして人間の私が、興味があるから会ってくれとは言えない。

「その方達はソロモン王にも仕えていたくらいですからな。融通は利くはずですが」

「そもそも、ソロモン王と僕じゃあ、月とスッポンで雲泥の差ですからね⁉」

触らぬ神に祟りなし。ここは、興味を抱いたとしても静観した方が良さそうだと判断した。

一方、亜門は何故か、少し残念そうな顔をしていた。

「了解しました。まあ、今回も大量に売って行かれたことですし、しばらくはいらっしゃらないでしょうな」

亜門は、店の一角にある机の上を眺める。そこには、分厚い洋書から薄い文庫本まで、あらゆる本が積み重なっていた。

「これ、全部査定が終わった本ですか？」

「ええ。棚に差して頂けますかな？　優秀な店員たる司君であれば、もう、どれを何処に入れるか、把握されているでしょう」

「いえ、そこまでは……」

はにかむように苦笑する。褒められると素直に嬉しい。

ふと、積み重なった本のラインナップに注目する。私の知っている本から、題名すら読めない本まで、とにかく幅が広かった。

ここから、元の持ち主を想像するのは難しそうだ。

「どうしました?」

「いえ。ちょっと考えごとを」

「本から、持ち主を想像しようとしておりましたな?」

亜門は何でもお見通しだった。

「まさに、その通りです……」

「持ち主を知るには、まず本を読んでみてはどうですかな? こちらなどは、どうでしょう?」

一番上に詰まれていた文庫本を、亜門は手にする。そのタイトルには、見覚えがあった。

「〝ジキルとハイド〟……ですか」

「ご存知ありませんか? 有名な話だと思いますが」

「ええ、確かに有名ですよね。だからこそ、逆にちゃんと読んでなかったというか……。ジキルさんっていう紳士と、ハイドっていうおっかない男の話だっていうのは知っているんですが……」

おぼろげな記憶を手繰り寄せる。本を手にした亜門は、「ふむ」と目を瞬かせた。

「司君は、正反対の二名の話だと思っているようですな」

「あ、違うんですね……」

亜門は、「はい」と頷いた。

「その両者の謎を追っていた、ジキル博士の友人たるアタスン氏もまた、両者は別々の人間だと思っていたのです。非道な行いをするハイド氏の周りに、どうもジキル博士の影がちらつく。しかし、紳士的で権威あるジキル博士が、何処の馬の骨かも分からないハイド氏と、どんな関係があるのかも分からない。アタスン氏は当初、ジキル博士が脅されているとでも思っていたようですな」

「でも、違ったんですか……？」

私は恐る恐る尋ねる。亜門は、深く頷いた。

「ええ。その両者は二人ではなく、一人の人物だったのです」

「二人じゃなくて、一人……？　どちらかが、演技だったということですか？」

「いいえ」

亜門は指を二本立てる。

「二重人格。――隔離性同一性障害というのをご存知ですかな？」

「あ、それは知ってます。一人の人間に二人の人間の魂が宿っているかのように、人格が変わってしまうというやつですよね」

「その通り。〝ジキルとハイド〟は、その代名詞とも言える作品ですな」

尤も、ジキル博士はハイド氏になっている時の記憶がちゃんと残っていたそうだ。それが故に、彼は作中で深い苦しみを味わわなくてはいけなくなるのだという。

「成程……。血も涙もない冷酷な男、ハイド氏と、善良でいて威厳のあるジキル博士……。一人の人物が、どうしてそんな風に分かれてしまったのか、興味がありますね」

「おや。それでは、お買い上げになられますか？」

亜門は文庫本を手渡してくれる。巻末に価格が記されていたが、私のポケットマネーでも充分に買える額だ。

亜門の審査眼に狂いはなく、普通の古本であれば、極めて常識的な値段をつけてくれる。偶に凄まじい値段の書籍もあるが、それは出版年がずいぶんと昔であったりして、希少価値のあるものだった。

「折角なので、読んでみたいです」

「お買い上げ、有り難うございます。彼もまた、喜んでいることでしょう」

亜門は優しい眼差しで、私の手の中の文庫本を見つめる。まるで、父親のような目だ。そんな様子を見ていると、こちらまで微笑ましくなってしまう。

「それに、この本にもまた、生きて行く上で大事なことが書かれておりますからな」

「生きて行く上で、大事なこと？」

先日、〝あしながおじさん〟と縁があったが、その時は、幸せな生き方を読み解いていた。またあんな風に、人生の指南が隠されているということなんだろう。

「もし、お客さまが来なければ、作業が終わり次第、読書をしても構いませんぞ。商品知識を蓄えるのも、立派なお仕事ですからな」

「そ、それじゃあ、お言葉に甘えて……」

さっきから、本の内容が気になってしょうがない。亜門がオススメしてくれるならば、是非とも読みたいものだ。

しかしその時、木の扉がノックされる。軽快でリズミカルなそれは、お客さんが来たことを示していた。

亜門の「どうぞ」という返事を合図に、扉がそっと開かれる。

「おじゃまします……」

顔を出したのは、大学生くらいの女子だった。

ファッション雑誌でよく見るような、流行り（はやり）の髪型に流行りの服装で、全体的にふんわりとした印象の瑞々（みずみず）しくも可愛（かわい）らしい子だった。

彼女は店内を窺（うかが）うなり、パッと表情を輝かせる。

「わっ、素敵なお店！　それに、カッコイイお兄さん！　こんなところがあったんですね！」

目を輝かせながら、私に詰め寄る。急に距離を縮められたので、思わず半歩下がってしまった。

「いらっしゃいませ。ようこそ、〝止まり木〟へ」

亜門は恭しく頭を下げる。すると、女子はぽっと顔を赤らめた。

「はわわ。まさか、こんなイケメンな店員さんもいるなんて。私、ちゃんとお化粧してこなかったのに……！」

バッチリとアイラインを描いているにもかかわらず、彼女は慌てふためきながらそう言った。

その一挙手一投足が、何処となくわざとらしい。テンションが昂って冷静ではなくなっているようにも見えるが、そのいずれも、やけに隙が無かった。

背の高い亜門を上目づかいで見つめる彼女を、私はそっと遠くから見守ることにした。

「当店にお越し頂き、有り難うございます。折角ですから、珈琲などはいかがですかな？」

「えっ、カフェも兼ねているんですね！　でも、私、苦いのが苦手でぇ……」

「ご安心ください。当店には、コーヒーシュガーにカソナード、グラニュー糖やガムシロップも御座いますぞ。ミルクも、ポーションから生クリームまでご用意出来ますが」

「えぇー、すごぉい！　それじゃあ、生クリームをいっぱい入れて下さい！」

女子は目をキラキラとさせながらはしゃぐ。亜門は紳士然とした笑みを湛えたまま、

「畏まりました。ウィンナー・コーヒーにしましょう」と会釈をした。

そして、突っ立っていた私に視線をくれる。その目は、「お客さまに席を勧めて下さい」と語っていた。

亜門に頷き、私は彼女に席を勧める。珈琲の香りに混じって、ムッとする香水の匂いが漂ってきた。

どうしよう、苦手なタイプだ。

世間では、いわゆる、肉食系と呼ばれているのだろうか。私はどうしても、彼女らのハンターさながらの眼差しが苦手だった。

「四階にも、カフェがあったんですね。こんなに素敵なところだったら、毎日通っちゃおうかなぁ」

「当店は、古書店です」

カウンターの向こうで珈琲豆を挽き始めた亜門に代わって、私は彼女にぴしゃりと言った。

「あっ、古本屋さんなんですね。どうりで、本がいっぱいあると思いました。お兄さんは、アルバイトなんですか？」

「そうですけど……」

出来るだけ愛想よく答えたつもりが、笑顔がひきつってしまった。

しまったと思うものの、彼女は気にするような素振りを見せなかった。その代わり、とんでもないことを口にする。

「そっかぁ、アルバイトなんですね。こんなお店で働けるなんて、友達にも自慢出来そう。アルバイトの募集は、まだしてますかぁ？」

「してません！」と叫びそうになるのを、ぐっと堪える。珈琲の香りをめいっぱい吸い込み、深い溜息と共に吐き出しながらこう答えた。

「……してないと思います。募集をしているのは、見たことが無いですし」

「え？　じゃあ、お兄さんはどうやって雇って貰ったんですか？　アルバイトの募集じゃないって言うと、個人的に？」

彼女は、こちらをじろじろと覗き込んでくる。睫毛がやけに長くて妙に綺麗に反っているが、付け睫毛の類なんだろう。私は彼女の視線から逃れるように、そっと顔をそらした。

「それは……」

「我々ふたりの秘密ということで、勘弁して貰えませんかな？」

カウンターの向こうから、亜門はやんわりとした口調でそう言った。

「ふたりの、秘密……？」

「はい。あなたが今、失いかけた縁のことを心に秘めているように、人には言えないこともありますからな」

亜門がそう言った瞬間、彼女の顔色が変わった。仮面の下の素顔を暴かれた罪人のように、蒼白になり、怯えるような目で亜門を見詰めていた。

「私のこと、どうして知っているんですか……？」

「魔法使いですからな。この隠れ家にやって来たということは、他人との繋がりで悩みがあるという証拠なのです」

魔法使い、という非日常的な言葉に反応することも出来ず、彼女は哀れにも縮こまっていた。そんな彼女の緊張を解きほぐすかのように、亜門は優しく声をかける。

「どうです？　この亜門、悩みがあるのなら相談に乗りますぞ」

その言葉に、彼女はじっくりと時間をかけながら、ぎこちなく頷いたのであった。

彼女の名は、美空綾といった。

近所の大学に通っており、今日は、課題に使う参考書を買いに新刊書店までやって来たのだという。そこで、亜門が淹れる珈琲の香りに引き寄せられ、来店したということだった。

「友人の千夏が、最近、変なんです」

彼女は亜門が淹れてくれたウィンナー・コーヒーにシュガーを幾つも放り込みながら、今にも泣きそうな顔で語った。

曰く、彼女の友人である千夏という女子大生の様子が、おかしいのだという。今までは仲が良かったのに、急にSNSのメッセージを無視されたり、呼び止めようとしても逃げられるようになったりしたそうだ。

「それに、とっても怖い顔で睨むようになったんです。私が話し掛けても、素っ気ない返事が返ってくるばかり。まるで、人が変わったみたい！」

彼女の言葉に、私と亜門の視線は一か所に向かった。

査定が終わった本の上に積み上げられた、〝ジキルとハイド〟である。

「きっと、何かに取り憑かれたんだわ。そうじゃなければ、あんなに不快でこちらを見下していそうな目は出来ないもの！」

「何か、心当たりはありますかな？」

悲鳴交じりの彼女を宥めるように、亜門が問う。だが、彼女は首を横に振った。

「それが分かれば、苦労しないです……」

「でしょうな……」

彼女の向かい席に座っている亜門は、神妙な面持ちで顎を摩る。そんな亜門に、彼女はずいっと詰め寄った。

「お願いです。あなたが魔法使いだって言うなら、千夏を助けて！　また、明るく私に微笑んでくれるようにして下さい！」

祈るように手を胸の前で組み、彼女は言った。懇願の表情は必死そのものであったが、私にはどうも嘘くさく見えてしまった。

そんな彼女に、亜門は深く頷いてみせる。

「その願い、この亜門が聞き入れました。しかし、そのためには、代償が必要ですな」

というか、そもそも珈琲代として頂きたいのですが。と付け加えつつ、亜門はメニュー表を彼女に見せた。

――代償として、あなたの物語をお見せ下さい。

「私の、物語……」

「ええ。私は、人の人生を本にすることが出来ましてな。あなたの物語も見せて頂きたいのです」

「人の人生を……本に？」

彼女はしばらくキョトンとしていたが、やがて、くすりと微笑んだ。

「いいですよ。なかなかユニークな設て……魔法ですね」

「ご承諾頂き、有り難う御座います」

亜門は、彼女から出掛けた「設定」という言葉をさらりと受け流し、懐の深そうな笑みを湛えた。

「――では、一日ほど頂けますかな？　必ずや、失われそうな縁を繋ぎ止めてみせましょう。明日、同じ時間にお越しください」

「明日ですね。分かりました」

彼女は分厚いスケジュール帳を開き、やけに細いペンでさらさらと書き込む。スケジュール帳にはシールが沢山貼られていて、何が何だかよく分からない。

彼女はぱたんとそれを閉じると、「ご馳走様でした」と席を立つ。

「えっと、お代は……」

「不要ですぞ。契約は成立しましたからな」

「契約や代償って、魔法使いというよりも悪魔みたいですね」

彼女はそう言って笑いながら、〝止まり木〟を後にした。

彼女が新刊書店へと消えて行き、扉が閉まった途端、私はむっつりと閉じていた口から、深い溜息を吐いた。

「司君、お疲れのようですな」

「今の子、ちょっと苦手なタイプで……」

「そのお気持ちは分かります」

亜門は、彼女の席にあるコーヒーカップを覗き込む。珈琲は、半分以上残っていた。

「うわっ、亜門のコーヒーを残すなんて……!」

「生クリームでだいぶ甘くなっている筈なので、シュガーは、少しずつ風味を確かめながら入れて欲しかったのですが……」

亜門は悲しそうに目を伏せる。彼女は、砂糖を入れ過ぎてしまったということか。亜門の珈琲が口に合わなかったというよりも、自分で口に合わなくしてしまったのである。

「なんて勿体無い……」

「私も、是が非でも止めれば良かったのですが……。まあ、終わってしまったことは仕方がありません」

亜門の手には、いつの間にか見慣れぬ本が携えられていた。

薄いピンクのカバーに、ラメがちりばめられている。ソフトカバーのB6サイズの単行本だった。厚みはそれほどないが、カバーが全身全霊で「私可愛いでしょ？」と主張しているようだった。

「……亜門、僕が持ちましょうか？」

「なぜです？」

「あなたに似合わな過ぎて……」

ところどころに、プリクラで撮ったと思しき彼女の写真がちりばめられている。やけに目が大きかったり、何故か犬の耳がついていたりした。

そんな軟派な本、亜門に持って欲しくなかった。

しかし、亜門は私の言葉に苦笑する。

「似合わないというのは寂しい話ですな。どんな本でも、私が愛する本です。私は全ての本を、出来るだけ等しく愛でたいのです」

「あっ、す、すいません……」

出しゃばったことを言ってしまった。私にとってどんな本でも、亜門にとっては関係ないはずだ。

「とは言え、好みは多少ありますが……」

亜門は小さく咳払いをする。

「亜門……」

「お気遣い自体は感謝しますぞ。まあ、一先ずは、どのようなことが書かれているか拝見しましょう。そこに、彼女の友人の様子がおかしくなってしまった理由が隠されているかもしれません」

「そうですね！」

亜門と私は、改めて席に着く。

ほんのりと彼女と同じ香りがする本をめくると、これはまた、携帯端末で打ったような活字が、かなりの間隔を空けて並んでいた。

「うっ、これは……」

「一頁の文字数が、少ないですな……」

亜門は寂しそうにぼやく。悲観すべきはそこなんだろうか。

そうこうしているうちに、亜門は文字の羅列を追い始める。音読をする様子はない。私もまた、黙って文字を追った。

大学のサークル、チョー楽しい。

みんなでＢＢＱサイコー。

やばみ。

「…………」

亜門は眉間を揉む。私もまた、そっと目をそらした。

「私にとって、難解な言語が含まれているようですな……。この、ＢＢＱというのは何を指しているのですか？　国際機関か何かの略称ですかな……？」

「僕が知ってるＢＢＱと同じなら、バーベキューっていう意味です」

「『やばみ』というのは、矢文の類ですか……？」

「それは、『やばい』って言いたいんだと思います……」

私も自信が無いので、つい、視線が泳いでしまう。

「現代語は難解ですな……」

「これ、全部理解しなくてもいいんじゃないでしょうか……。事件が起こったところだけかいつまんだ方が早いですよ……」

「そうですな」と亜門は渋々と頁を進める。

あまりにもサクサクと進んでしまうため、薄っぺらい本が終わってしまうのではないかと危惧(きぐ)したその時、亜門は、ふと、手を止めた。

「こちらでしょうか？」


千夏が、上下黒ずくめコーデで来た。

洗濯物が乾かなかったのかな。

かわいそうだと思ったから、私のお気に入りの赤いカーディガンを貸してあげた。

でも、千夏は怒って突っ返してきた。

どうして？　意味不明だし。


「……上下黒ずくめ、ですか」

「千夏って子が豹変(ひょうへん)したのは、この辺りですかね」

その前には、千夏の話題はほとんど無かった。高校生の頃から一緒だったから、大学に入ったばかりの時は一緒に居たということが分かる記述くらいだった。と言っても、美空綾はサークルで早々に友人を作り、共にいる時間は随分と減ったようだが。

「これだけでは分かりませんな。直接、彼女に聞くことにしましょう」

「あの、美空って子にですか？」

「いいえ。千夏さんですな」

亜門はきっぱりとそう言った。

「でも――」

私の視線は、自然と〝ジキルとハイド〟に向かう。

「危なくは、ないですか……？」

「司君は、心配ご無用です。私がついておりますからな」

亜門の猛禽の瞳（ひとみ）には、自信がたっぷりと宿っていた。そう言えば、彼は〝砂男〟から私を守ってくれたこともあった。その杖（つえ）さばきは見事なもので、今思い出しても、熱いものが込み上げてくる。

「とはいえ、相手は女性ですからな。手荒な真似（まね）はしたくないものです」

亜門はそう言って、美空綾の本を閉じる。

そして、私にコーヒーカップを片付けるように指示し、自分はクロークへと向かったのであった。

外の空気は、刺すように冷たかった。

木枯らしに思わず身をすくめつつ、亜門と共に通りを往く。

「そう言えば、彼女達が通っている大学って、何処だか分かってるんですか？」

「はい。彼女の物語を綴った本の中に、背景が写っている写真がありましたからな。そこで、特定に至りました」

「凄い観察眼ですね……。僕はあの独特の文体に気を取られてて、全然……」

「常に目的を持って行動すると、他者に惑わされずに済みますぞ」

亜門はそう言って微笑んだ。

見るべきところを見ていれば、他のことに目が行くこともない。そういうことなんだろう。

「肝に銘じておきます……」

「目的を持つことが重要というのは、全てにおいて言えることですからな。人生もそうです」

「人生も？」

「どう生きたいのか、どうしたいのか。それらが明確になっていれば、進むべき道も見えて来ますからな」

私にとっての進むべき道とは、何だろう。

自分がどう生きたいのか、どうしたいのか。私は具体的なヴィジョンを持っていなかった。

(いや、どうしたいかは、ちゃんと分かってるかな)

ふと、隣を歩む亜門に視線を向ける。

コバルトは、彼の存在が危ういと言っていた。今は何の兆候も見えないが、いずれは、変化が起きるのだろうか。それとも、そんなものは見せず、いきなりいなくなってしまうのだろうか。

(僕は、そんなのは嫌だ。コバルトさんだって悲しむだろうし、そもそも、僕自身が……)

別れたくない。少しでも、同じ時を過ごしたい。

それが、私の願望だった。

神保町駅近くの交差点を、水道橋方面へ右折する。多くの自動車が行き交う白山(はくさん)通りを横目に、亜門はぽつりと呟(つぶや)いた。

「この辺りは、昔、路面電車が走っておりましてな」

「えっ、こんなところにも?」

東京の路面電車というと、今は都電荒川線くらいだろうか。三ノ輪橋から早稲田(わせだ)までで、巣鴨(すがも)方面を経由している。

「むしろ、この辺りは本数が多かったくらいですぞ。神田橋や万世橋(まんせいばし)方面も」

「でも、今は無くなってしまったんですね？」

「はい」と亜門は頷いた。

「車社会になってしまいましたからな。私は路面電車の方が、風情があって好きだったのですが」

亜門は残念そうだ。

それでも、今また、路面電車が見直されているらしいとのことだが。

亜門の横顔は寂しげだった。昔の白山通りと、そこを走る路面電車を思い出しているのだろうか。

「さあ、着きましたぞ」

亜門の声に、ハッと我に返る。見れば、いつの間にか大学の前に到着していたようだ。

「あっ、これって……」

「どうしました、司君」

「僕の母校ですよ」

更に言えば、僕と三谷の母校だった。

僕らの目の前にそびえているのは、白亜の巨大なブロックを積み上げて作ったような建物だった。迫りくるような威圧感は、相変わらずだ。

白山通り沿いに位置するそれは、明治時代から続く由緒ある学校である。私が入学する前に、百周年を迎えたらしい。

「ほほう。司君の母校とは。これはまた、面白い縁ですな」

「というか、うちの後輩がご迷惑を……」

シュガーだらけのウィンナー・コーヒーを思い出し、萎縮してしまう。だが、亜門は「お気になさらずに」と笑ってくれた。

それにしても、久々の母校だが、様子がおかしい。

いつもならば学生で溢れている筈なのに、今日はその姿が全く見られない。

「……亜門」

「どうなさいました？　顔が青いですぞ」

「今日は講義が無いんですよ。年末ですし！」

「なんと……！」

そう。大学にだって冬休みはある。

私と亜門は、ほぼ無人と思われる校舎の前で頭を抱えた。

「では、千夏さんとお会い出来ないということですな」

「そうですね。むしろ、誰にも会えませんよ……！」

入り口は固く閉ざされている。何人たりとも侵入を許さない構えだ。

亜門は鞄から、あのラメ入りの本を取り出す。私は、好奇心に満ちた視線をよこす通行人から、亜門をそっと守った。

「何か、他に手がかりはありますかね?」

私の問いに、亜門は「ふむ」と相槌を打った。

「先ほど、千夏さんがサークルに入らずにアルバイトをしているという記述がありましてな」

「あっ、その店に行けば、もしかして……」

「はい。彼女に会えるかもしれませんぞ」

亜門は、或る頁を広げて私に見せる。そこには、美空綾が千夏のバイト先に行ってみたという話が書いてあった。例のごとく、プリクラと思しきシールが貼られている。

そこには、コーヒーカップにそっと唇を添える美空綾の姿が写っている。

「千夏さんのバイト先は、コーヒーショップなのかな。って、これ――」

コーヒーカップに、店のロゴが描かれていた。私もよく知っている、チェーン店のものである。その背景もまた、見たことがある内装だった。

「こちらが、千夏さんですかな」

内装に溶け込むように、若い女性が立っていた。得意げにカップを傾ける美空綾のことを見つめていることから、無関係の人間ではないだろう。

「別に、普通の様子ですけど……」

「上下黒ずくめ事件の前の話ですからな」

亜門が示したのは、その後の頁だった。この時は、千夏の態度も普通だったということか。

「さて。あとは、彼女がまだアルバイトを続けており、本日シフトに入っていることを祈るのみですな」

亜門は、ぱたんと本を閉じ、大学のすぐ近くにある同じロゴを掲げた店に足を向けたのであった。

「いらっしゃいませ」という声に招かれ、我々は自動扉をくぐって店内へと入る。

ふわりと珈琲の香りがした。〝止まり木〟のそれとは違うが、こちらもつい腰を落ち着けたくなる香りだった。

しかし、亜門はカウンターへと向かうと、「テイクアウトで」と申し出た。

私は、レジの前に立っている若い女性を見て、「あっ」と叫びそうになる。髪を一つに束ねた地味な女性の顔には、見覚えがあった。

亜門はホットコーヒーとスイーツを二人分注文すると、その女性に声をかけた。

「失礼。千夏さん、でよろしいですかな？」

彼女は驚いていたが、「は、はい」と何とか頷いた。

美空綾に比べて、薄化粧な女性だった。今は接客をしているから化粧をしているだけで、普段はしていないかもしれないと思うほどだ。

しかし、目鼻立ちは、良くも悪くも実によく整っていた。艶やかで真っ直ぐな黒髪が印象的だが、それ以外に、特徴といった特徴は無い。

今は制服なので、彼女の私服がどんなものか分からないが、全体的に清潔感が漂う女性で、妙な感じはしなかった。

「私に、何か御用ですか？」

彼女は控えめに笑ってみせる。その愛想笑いには、警戒が含まれているように見えた。

「ええ。ご友人のことで、お聞きしたいことがありましてな」

「友人……？」と彼女は首を傾げる。

「はい。美空さんのことでして」

「――っ」

美空綾の名前を出した瞬間、彼女の口は真一文字に結ばれた。眦が吊り上がり、微笑みは消え失せる。

その急変ぶりに、私は思わず息を呑んだ。

「……美空さんは、友人ではありません」

彼女は、腰の辺りで拳をぎゅっと握り締めた。

「何があったのか、事情をお聞かせ願えますか？」

亜門はやや頭を下げて彼女に目線を合わせ、真摯な眼差しでそう言った。彼女もまた、何かを言いかけようと口を開くものの、躊躇（ためら）うように、口を閉ざしてしまった。

「別に。話すようなことは、特に何もありません」

「そうですか……」

亜門は残念そうに目を伏せると、「失礼をしましたな」と話を切り上げた。

気まずい空気を漂わせながらお会計を済ませ、注文していた品を受け取る。その時、亜門が私にアイコンタクトをくれた。

その視線は、彼女の腰に向けられる。

彼が意図していることが、すぐに分かった。彼女のベルトの辺りに、やたらとキーホルダーアクセサリーがぶら下がっていたのだ。プラスチック製で、ハートやら星の形をしている。

大人びた彼女の中で、そこだけが浮いていた。さっきは拳を握ったように見えたが、このアクセサリーを握ったのかもしれない。

カウンターを後にし、出口へと向かう。道すがら、私は亜門に尋ねた。

「あれだけで良かったんですか？　その、もっと踏み込んだ事情を説明しても良かったんじゃあ……」

「あまり無理強いをしては、彼女の傷に障りますからな」

「千夏さんの、傷……？」

「左様」と亜門は頷いた。

「司君は、彼女がつけていたアクセサリーをご覧になられましたかな？」

「あ、はい。何だかあそこだけ、彼女っぽくない気がしました。まあ、彼女のことなんて知らないに等しいですけど……」

亜門は白山通りに沿って、神保町へと向かう。大きな通りには、車が次々と行き交っていた。

「あのアクセサリーは、ロケットペンダントのようなものでしてな」

「ロケットペンダントっていうと、写真を入れるアレですか？」

「ええ。写真を入れるアレです」

亜門は深く頷いた。

「僕はてっきり、ただのアクセサリーだと……。写真らしきものが入っていたのは見えたんですけど」

「あそこには、犬の写真がありました。実に利発そうな、ヨークシャーテリアでしたな」

「もしかして、それって、彼女の愛犬とか……」

「ご名答。と言っても、推測でしかありませんが」

亜門はにっこりと微笑む。

なるほど。愛犬の写真であれば、持ち歩きたくなる気持ちはよく分かる。愛情が深ければ深いほど、その写真が増えるというのもよく分かる。プラスチック製のアクセサリーも、写真を持ち歩くためにつけているのであって、あの形が彼女の趣味ではないというのなら納得が出来た。

「あそこには、子犬から成犬までの写真がありましてな。彼女にとって、アルバムを持ち歩いているようなものなのでしょう」

「まあ、ペットは家族同然って言いますしね。でも、数は多いし結構重そうでしたよね。それに、職場であんなにたくさん、よくつけられるなぁと思って。よっぽど好きなのかな……」

「お好きなのでしょうな。だからこそ、そこまでしなくては心の隙間が埋められないわけです。いや、そこまでしても、埋められないのかもしれませんな……」

亜門の横顔は、沈痛な面持ちとなっていた。その表情に、ぎゅっと胸が締め付けられそうになる。

「心の隙間って、まさか……」

「黒ずくめの服、赤いカーディガンを拒否、アルバム代わりに持ち歩くアクセサリー。この三点から、何か導き出されるような気がしませんか？」

亜門は指を三本立てる。そこから連想されるもの。それはすなわち——。

「愛犬は、亡くなってる……？」

「でしょうな。黒ずくめの服を着て来た時は、喪に服していたのでしょう。アルバイト先の責任者は、その事情を知っているため、彼女のアクセサリーを黙認しているのかもしれません」

そこで、事情を知らない美空綾が、赤いカーディガンを着せようとしていたのである。家族同然の愛犬を喪った者からしてみれば、無神経極まりない行為だろう。

「それならばまあ、美空さんが怒られるのも仕方がないでしょうね……。それに、口を利きたくなくなるのも無理はない……かな？」

「そう。問題は綾さん自身にあったわけですなぁ」

亜門は溜息を吐く。

「それを美空さんに伝えれば、万事解決ですね。と言っても、彼女に話が通じるかな……」

「それが問題ですな」

「……ですよね。何だか、一筋縄ではいかなそうですし」

我々はそれっきり、沈黙してしまう。黙々と足だけを進めていると、やがて、新刊書店の前に辿り着いた。

入り口の自動ドアをくぐり、四階の〝止まり木〟へと向かう。扉を開いた瞬間に香る嗅ぎ慣れた珈琲の匂いが、実に心地よかった。

亜門はコーヒーショップの袋からホットコーヒーとスイーツを取り出しつつ、こう言った。

「一つ、違和感がありましてな」

袋が空になると、今度は鞄から、例のラメ入りの本を取り出した。そして、最後の頁をめくる。

そこには、こう書かれてあった。

――千夏とは、もうダメかも。さみしい。

縁が切れる寸前なのが、よく分かる。美空綾は苦手なタイプだったが、この一文には素直に同情出来た。

しかし、亜門は私にその頁に触れるよう促した。言われるままに触ってみると、妙に厚いことに気付いた。

「あれ。これって……」

覚えのある違和感だ。

その頁を注視してみると、何枚もの紙が重なっていることに気付いた。

「亜門。これ、袋とじですよ！」

袋とじ。それは、ナイフかカッターで切り開かないと、中身が見られないという仕掛けであった。本や雑誌の場合、購入者にしか教えたくない情報を、そこに掲載する。

「私はどうも、本にペーパーナイフを入れるのが苦手でしてな」

亜門は呻(うめ)く。本を愛する彼にとって、仕掛けのためとは言え、本を傷つけるのは苦痛だろう。

亜門は、奥の引き出しからペーパーナイフを持って来ると、渋々と袋とじの部分を切り裂いた。

秘められた部分が、明らかになる。

だが、新たに現れた見開きの頁を前に、我々は言葉を失った。

そこには、手書きのような赤い文字で、こう書かれていた。

――高校の時から面倒を見て来たのに、なんて恩知らずなんだろう。いつも一人で寂しいだろうからって、構(かま)ってやったのに。自分の身のほども知らないんだろうか。

「うわ……」

思わず、口に手を当てる。亜門もまた、眉間を揉んでいた。

「これ、彼女の本心ってことなんでしょうかね……」

高慢で身勝手な感情を、心に秘めていたということなんだろうか。亜門は、「そうでしょうな……」と重々しく呟いた。

「このまま、縁を戻してもいいものなんでしょうか。……千夏さんが、可哀想(かわいそう)かも」

「確かに、このままでは良くないのかもしれませんな」

亜門はそっと美空綾の本を閉じると、積み上げっ放しの本の山のもとへと足を向ける。

「しかし、契約は履行します。少々、荒療治が必要なようですが」

「だけど……」

いっそそのまま、縁を切ってあげた方がいいのではないだろうか。

そう思う私の気持ちを察したのか、亜門は静かに首を横に振った。

「袋とじになっているくらいです。綾さん自身が、この本心に気付いていない可能性が高い。まずは、その本心に気付くことが必要です」

すっかり放置されたままになってしまっていた〝ジキルとハイド〟を手にしたかと思うと、亜門は私に差し出した。

「司君はまず、こちらを読まれた方がいいかもしれませんな。あなたの腑(ふ)に落ちない感情を解く、ヒントになるかもしれませんぞ」

亜門に勧められるままに、〝ジキルとハイド〟を手に取る。

美空綾の話では、千夏という子がハイド氏に憑かれたかのようだった。しかし、美空綾こそが、ハイド氏に身を委ねているのではないだろうか。

腑に落ちない、とはよく表現されたものだ。亜門の表現に感心しつつ、私は手の中にある文庫本に視線を落としたのであった。

〝ジキルとハイド〟の話は、こうだった。

弁護士にしてジキル博士の友人であるアタスン氏が主人公となり、物語の謎を解いていく。

事の発端は、ハイド氏が女児を相手に暴力を振るったのを、アタスン氏の親類が目撃したことだった。その時、目撃者はハイド氏のことを、腹の底から嫌悪を湧き起こさせる何かがあるのに、容姿について説明するのは難しいというニュアンスで表現していた。

そう、ハイド氏は奇妙な男だった。彼を見たものは、必ずと言っていいほど嫌悪感と不快感を抱いている。しかし、それは、漠然とした印象に過ぎないのだ。

どうやら、アタスン氏の友人であり紳士であるジキル博士が、ハイド氏のことを援助しているようだった。アタスン氏はジキル博士の身を案じて、事の真相を突きとめようとする。

しかし、そうしているうちに、ハイド氏は大きな事件を起こし、その後、ジキル博士は引きこもってしまった。

紆余曲折あって、アタスン氏やジキル博士の家の使用人達が、ジキル博士が鍵をかけて籠っているという部屋に突入するが、そこにいたのは、自殺を図ったハイド氏だった。

その後、ジキル博士の書簡や友人の手記から、実はジキル博士こそがハイド氏だったということが明かされる。

ジキル博士は、別人になる薬を開発していた。それを飲むと、見る見るうちに容姿が変化するのだという。それで、ジキル博士は別人に成りすまし、普段は抑えていた欲望を――すなわち、裏の人格を解放していたのであった。

しかし、やがて善良なるジキル博士でいられる時間が少なくなり、薬が無くてもハイド氏に変化し、汚辱にまみれるようになってしまったのだ。

それを苦にしたジキル博士は、自殺の道を選んだのである。

「……薬で他人になれるっていうだけだと、ファンタジーかSF小説っぽいけど」

私は自宅で椅子に腰かけながら、文庫本を眺めていた。

シンプルな机の上には、珈琲が注がれた安物のコーヒーカップが置いてある。

自分で淹れると、亜門の珈琲よりも随分と粗雑な味になってしまう。きっと、豆が違うのだろう。それ以前に、淹れる時のこだわり方も違うのだろう。

　それでも、当初に比べれば随分と美味しくなった珈琲を、一口含んだ。

「亜門がこのタイミングでこれを貸してくれるっていうことは、重要な意味が含まれているってことなんだよな……」

　ぱらぱらと頁をめくり直す。

　誰しもが、ハイド氏の見た目を、いや、ハイド氏から受ける印象を非難した。しかし、唯一、彼を受け入れた者がいた。

　それが、ジキル博士である。

　その後、彼はあっという間にハイド氏に呑まれ、人生を転落することになる。

「『Hyde』……『hide』……隠れた者、か」

　もし僕が、ジキル博士の薬を飲んだらどうなってしまうんだろう。もう一人の自分とは、どんなことを望むのだろう。

　ハイド氏のように、衝動を爆発させ、思うままに暴力を振るうのだろうか。

　しかし、押し殺し難い衝動に襲われたこともなければ、誰かを暴力で蹂躙したいとも思ったことは無かった。

「でも、空気を読むのをやめるかもしれないな。何もかもを気にせず、好きなことを話し、気になったことを尋ねるのかもしれない……」

　亜門が胸に秘めた想いも、遠慮なく聞き出せるかもしれない。

だが、それで彼に嫌われるのも、彼を傷つけてしまうのも嫌だ。

「どちらにせよ、僕はこんな薬、要らないな」

卓上の時計を見ると、すっかり深夜になっていた。つい、物語に引き込まれてしまっていた。

私は慌てて、寝支度を始める。目はすっかり冴えていた。珈琲を飲もうと思った数時間前の自分が恨めしい。

机の上に置いた文庫本を見やる。

難しいことは、一晩置いてから考えよう。頭の整理が必要だ。

尤も、カフェインで目が覚めてしまった状態で、眠ることが出来ればの話だが。

翌日、〝止まり木〟に出勤した私を、亜門は心配そうに迎えてくれた。

「司君、顔色がよろしくないようですぞ」

「すいません。寝不足で……」

私が謝罪すると、「それはいけない！」と亜門は大袈裟(おおげさ)に顔を手で覆った。

「仮眠をするのならば、ベッドを貸しましょう。さ、奥へ」

「ま、待ってください。出勤したのに、仮眠なんてとっていられませんよ！」

「むしろ、仮眠などではなくぐっすりと眠りたいのであれば、それでも構いませんぞ。私は声をかけないでおきましょう」

「それ、余計に悪いことになってますから！」

亜門の厚意を振り切り、エプロン姿へと着替える。

その間も、亜門は心配そうにこちらを見ていた。とても、居心地が悪い。

「途中で倒れられても困りますからな。あなたは、大切な従業員であり、大切な友人なのです」

「……分かりましたよ。眠気に勝てなくなりそうだったら、お願いします」

「畏まりました。この亜門、司君が睡魔に襲われた時は、抱えてでもベッドにお連れしましょう」

「抱えるのは、勘弁して下さい……」

米俵のように担がれる自分を想像して、情けなくなる。そんな事態になったら、しばらくは立ち直れないだろう。

「それに、今回の件の行く末も見たいですし……」

「そうですな。課題図書は読破しましたか？」

亜門が含み笑いで尋ねる。私もまた、対抗するように笑みを返してみせた。

「ええ。そりゃあ、勿論(もちろん)。二周しました」

「結構。ならば、本件の根底にある問題は見えているということですな」

それを言われると、なかなかに厳しい。

「いや、そこまでは……。おぼろげには見えているんですけど、言語化するのが難しくて」

「ふむ。ハイド氏の容姿と同じということですな」

ハイド氏の姿もまた、登場人物たちが形容に困っていた。

「事の真相も、ハイド氏と同様で隠れたままです。しかし、鏡を覗くことで見えてくることもある。問題は、その鏡に映った自分に嫌悪ばかり抱いて、目をそらしてしまうことですな。尤も、それを容認してしまうのもまた、問題ではありますが」

亜門がそう論じていると、扉の向こうからノックの音がした。腕にした時計を見ると、昨日、美空綾がやって来た時間から五分を過ぎていた。

「噂をすれば、やって来ましたぞ」

そっと扉が開かれる。新刊書店で並ぶ本棚を背に、美空綾がひょっこりと顔を出した。まるで自分が小動物にでもなったかのように、顔を半分だけ出している。

「お邪魔しても、良いですか？」

「ええ、構いませんぞ。あなたをお待ちしておりました」

亜門は彼女に歩み寄り、そっと手を差し伸べる。彼女は遠慮をする素振りを見せながら、その手を取った。

亜門が彼女を引き寄せると、開けっ放しだった扉が自然と閉まる。新刊書店から聞こえていたBGMが途絶え、現世と遮断されたのだと実感した。

「あまり開けていると、珈琲の香りが逃げてしまいますからな」

亜門はそう微笑み、彼女を手ごろな席へと促す。彼女はまるでお姫様がするみたいに、スカートをつまんで腰かけた。

「さて、本題ですが——」

「千夏のこと、何か分かりました？」

美空綾は、好奇の眼差しで亜門を見つめる。あまり、友人を気遣う態度ではないように見えた。

そんな不躾(ぶしつけ)な彼女に、亜門は静かに頷いた。

「ええ。彼女は特に問題が無いということが分かりました」

亜門の断言に、美空綾はぽかんとしていた。

「で、でも、豹変したんですよ⁉　ここは悪霊に取り憑かれているとか、裏の人格が出て来たとか、そういう面白い展開にして貰わないと！　せっかく、魔法使いっていう設定なのに！」

彼女は失望と蔑(さげす)みの目で、亜門を見ていた。それを見た私は、急に腹の底からどす黒い何かが込み上げてくるのを感じた。いけない。

そう思って、それを押し戻す。

ぐっと黙っていると、それは喉の辺りで、静かに停止してくれた。しかし、少しでも気を緩めてしまえば、たちまち口から飛び出すだろう。それを抑えるために、握った拳に爪を立てる。喰い込んで痛かったのだが、気にしている余裕は無かった。

「裏の人格、ですか。面白い言葉が出ましたな。〝ジキルとハイド〟はご存知ですか？」

「え、ええ。昔、学校の課題で読んだから、よく覚えてます」

「ならば、話が早いですな」

亜門は飽くまでも、穏やかな賢者の顔を宿したまま、そのまま続けた。

「結論から申し上げましょう。裏の人格が問題になっているのは、あなたの方です」

「な……っ」

美空綾は絶句した。しばらく口をパクパクとさせていたが、やがて、堰を切ったように喚き始める。

「な、なに言ってるんですか！　私は裏も表もない。寧ろ、全部表なくらいです！　その証拠に、私は友達が多いし！」

「裏を上手く隠せる方も、友人が多く作れましょう。現に、ジキル博士がそうだったではありませんか。尤も、彼にとって、アタスン氏すら本音を打ち明けられる相手ではなかったようですが。――あなたは、本音を打ち明けられる相手が、何人おられますかな？」

「……っ」

美空綾は唇を嚙んだ。その屈辱に満ちた表情こそ、可愛らしい女子大生という仮面を剝がされた、彼女の本性のように思えた。

しかし、亜門は申し訳なさそうに眉尻を下げる。「失礼」と素直に非礼を詫びた。

「あなたを責めるつもりはありません。ただ、あなたにも、あなたの中のハイド氏に気付いて貰いたいのです」

「私の中の、ハイド……？」

彼女の顔から、見る見るうちに血の気が失せる。

「わ、私があのハイドみたいに、罪を犯すとでも言うんですか⁉」

「あなたもまた、ジキル博士のように暴力的な快楽を求める性分であれば、その可能性はありますな。しかし、私にはあなたがそのような性質を持っているようには思えません」

亜門はきっぱりと否定した。

「じゃあ、なんでハイドがいるなんて……」

「ハイド氏は、誰の心の中にもいるものです」

「誰の、心の中にも……？」

美空綾と目が合った。彼女の中にも、私の中にもいるということなんだろうか。そして、亜門にも。

我々の心を読むかのように、亜門は深く頷く。

「ひとは、何かを隠して生活をしているものです」

美空綾を落ち着かせるためにやんわりと、しかし、父親のような威厳を以て、亜門は語る。

「私とて、例外ではありません。司君もご存知の通り、悲観し易いという性格を持っているでしょう？　私が普段堂々と振る舞うのは、それを隠すためでもあります」

亜門の繊細過ぎる性質は知っていた。しかし、普段のあの態度がそれを隠すためでもあるというのは、初めて知った。もしかして、私が気付かない時も、彼は何度も自分と戦い、己を奮い立たせていたのかもしれない。

「司君も、周囲と折り合いをつけていた時期がありましたな。その時、何かを隠していませんでしたか？」

「本音を、隠してましたね……。苦手な先輩の発言に不満があっても、じっと押し黙っていることもありましたし」

「そう。その隠したものこそ、ハイドなのです」

それを聞いていた美空綾は、不思議そうな顔をしていた。

「そんなの、よく聞くことじゃないですか」

「そう、よくあることです」と亜門は頷く。

「人は誰しも、ハイド氏を連れている。ジキル博士は偶々、それが破滅的な性格であったというだけです」

ジキル博士もまた、人々と折り合いをつけ、誰からも敬われるために、自分の本性を隠していた。でも、そうなると、周囲と上手くやろうとすればするほど、ハイド氏は大きな存在になってしまうのではないだろうか。

「ハイド氏は、日常を過ごすにあたって支障のある存在でもあります。だから、誰もが隠そうとする。しかし、或ることを切っ掛けにハイド氏が顔を出すことがある。それが、人と人との関係を危うくする場合もあるということです」

ジキル博士は、最終的に、自分を心配してくれたアタスン氏の救いの手を振り切り、あらゆる縁を断ち切って他人の手の届かない処(ところ)へ逃げ込むことで、破滅へと突き進んでしまった。いや、そもそも、ハイド氏が現れる切っ掛けとなった薬の力さえなければ、彼は穏やかな老後を送り、破滅的な性分を抑え込んだまま墓の下に入れたのかもしれない。

「じゃあ、ハイドが現れたのは千夏の方じゃないんですか……？」

美空綾は、整えられた眉を不快に寄せながら、亜門に問う。しかし、彼は首を横に振った。

「ハイド氏が現れたのは、あなたの方です。いや、現れたというよりも、片鱗(へんりん)を見せた程度と言うべきですかな」

「だから、私は別に……！　それに、隠し事なんてないですし！」

「それが、最も危険な考え方だと、私は思いますな」

亜門はきっぱりとそう告げた。

「ハイド氏を見た時の他の方々の反応を、覚えてますか？」

美空綾は戸惑いがちに、読んだばかりの私は何度も頷いた。

「それは結構。不快感であったり、悪寒であったり、とにかく、主観的な感想が目立っておりましたな。その中で、唯一、ジキル博士だけがハイド氏に『自然で、人間的』だと思ったのは、何故だと思いますか？」

亜門は、私に水を向けた。

「えっと、ジキル博士が自身の欲望を解放したいと思っていたからじゃないでしょうか。そうあるべき姿だと思ったから、『小躍りして受け容れたくなるような喜び』を覚えたのではないかと……」

「いかにも。私も同意見ですな」

亜門は満足そうに頷いた。

「同じものを見ている筈なのに、何故、人によって印象が違うのか。それは、見る者の心が、そこに反映されるということです」

「見る者の、心が……？」

美空綾は、しかめっ面のままで復唱した。

「左様。ハイド氏は、快楽を求める性質であり、人が隠していた衝動の象徴。ハイド氏に不快感を覚えた方は、ジキル博士の生来の性質か、それとも自分が隠している衝動に、無意識のうちに反感を覚えていたのかもしれませんな」

それを聞いても、美空綾は腑に落ちないといった顔をしていた。

「美空さん。あなたは、ご友人の思いもよらぬ反応を目にした時、どう思いましたかな？」

「えっと、不快……だと思いました」

つい昨日、ここでこぼした発言を思い出したのか、気まずそうに彼女は言った。

「そんなご友人に対して、あなたは何を望んでいたのですか？」

「……また、明るく私に微笑んでくれるように、って」

「そして、ご友人が変わってしまった原因を何だと思いましたか？」

「何かに、取り憑かれたんじゃないかって……」

美空綾は、もごもごと口籠（くちごも）るようにそう言った。

「あなたの発言を聞く限りでは、あなたはご友人を心配するというよりも、自分に都合の良いように振る舞って欲しいと望んでおられるように思えるのですが、如何（いかが）ですかな？」

「そ、そんなことは……！」

無い、とは断言出来なかった。彼女は、自分の中にある本当の望みに、気付いてしまったのだ。

「我々は、ご友人にお会いしました。常識的な振る舞いが出来る女性でしたな。あなたは、さも人が変わったかのようにおっしゃいましたが、どうやら、あなたにだけ態度を変えていたようですな」

「じゃあ、私に何か、悪いところでもあったって言うんですか……？」

己に自信が無くなって来たのか、美空綾の声は小さくなっていた。そんな彼女に、亜門は飽くまでも穏やかな口調のまま、話を続ける。

千夏という子の愛犬が亡くなっていたかもしれないということ。それで、喪に服していたのではないかということ。そして、そこに美空綾が赤いカーディガンを着せようとしたということ。それらが、亜門の口から語られるにつれて、美空綾の表情は強張っていった。

「嘘……。あの子がいつも写真を見せてくれていたペット、死んでたの……？」

彼女の唇が戦慄く。自らが犯した過ちに、気付いたようだ。

「たった一言、彼女に黒い服を着ていた理由を尋ねれば良かったのです。そうすれば、彼女からその情報も得られたでしょうし、彼女の逆鱗に触れずに済んだかもしれません」

「じゃあ、あの子が苦しい時に、私は……」

彼女は小刻みに震えていた。そんな彼女の小さな肩に、亜門はそっと手を乗せた。

「あなたは、ご友人にどうなさりたいのですか？」

「あ、謝らなきゃ……。全部、謝らないと……。きっと、私、もっと無神経で酷いことしてると思う……。それも含めて、謝りたい……」

「謝って、どうされたいのですか？　また、笑顔で仲良くして貰いたいですかな？」

亜門の言葉に、美空綾は首を横に振った。

「そんなこと、願える立場じゃない……。謝って、ダメだったら、もう、縁を切って貰ってもいいです……」

「それはあなたに、ご友人がたくさんいらっしゃるからですか？」

「いいえ……。友達の数なんてもう、どうでもいいっていうか……。私は自分がしたことが恥ずかしくて……。自分では気付かなかったけど、本当に身勝手な人間ですよね……」

うつむいた彼女の双眸には、涙が浮かんでいた。苦手なタイプの人間だと思っていたが、猛省する様子を見ると、流石に可哀想になって来た。

亜門は立ち上がって彼女の傍までやって来ると、子供をあやすように、ぽんぽんと背中を優しく叩く。

「これで、ご自身のハイド氏と向き合えましたな。自らを省みられるのであれば結構。後は、ご友人次第ですが、あなた達の縁がしっかりと結ばれるよう、お祈りしておりますぞ」

「……はい」

彼女は決心したように顔を上げる。その瞳には、強い意思が宿っていた。

美空綾は、何度も頭を下げてから去って行った。

自分の中に潜むハイド氏の存在に気付けたのは、亜門のお陰だと言っていた。きっと、友人はたくさん居ても、本音をぶつけられる相手は居なかったのだろう。それこそ、皆、自身のハイド氏を徹底的に隠しての付き合いだったのかもしれない。

「それにしても、今回は見事なものでしたね。まさか、あの無神経そうな子を、あそこまで反省させられるなんて」

カップを片付ける私に、亜門はこう言った。

「好んで他人に厭われる方など、私は居ないと思っております。だからこそ、他人に厭われる方は自身の過ちに気付き、正して欲しいと思うのです。そうすれば、世界はより輝いたものになりましょう」

「ハイド氏と向き合い、上手く付き合っていくことが大事なんですね」

「そうですな。ハイド氏がいることを自覚し、時にはハイド氏を少しだけ解放してやるのです」

「ハイド氏を、解放……？」

私は思わず、耳を疑ってしまった。

「あなた達で言う、ガス抜きという行為ですな。押し込められてばかりでは、ハイド氏のフラストレーションも溜まりましょう」

「ああ、なるほど。でも、それには――」

私が言わんとしていることに気付いたのか、亜門は頷いた。

「或る程度、本音で語り合える相手が必要ということです。綾さんと千夏さんは、一緒にいた時間が少々長いようですからな。失われかけた縁が再び結ばれれば、良き友人となれそうですが」

亜門は、奥のチェストの上に置いてある、この店に不釣り合いな本を見つめる。美空綾の本だ。

「あっ」

本の表紙に、細やかな光の筋が走る。近づいて覗き込んでみると、そこには、タイトルが浮かんでいた。

「友情を巡る物語が、完結したようですな」

亜門は本を手に取ると、本文が途切れていた頁をめくる。そこには、続きが記されていた。

――ごめんね、千夏。そして、ありがとう。今度、あなたの家族のお墓参りをさせてね。

「無事に、仲直りが出来たみたいですね」

私は胸を撫で下ろす。『あなたの家族』とは、愛犬のことだろう。

表紙には、『ジキルな千夏と私のハイド』と記されていた。

「千夏さんもまた、本心を隠していたのでしょうな。本件よりも前に、綾さんの振る舞いに対して辟易しており、それでも笑顔を取り繕い、友人を続けていたのでしょう」

「千夏さんも少しだけ本心を明かしていたら……、美空さんの悪いところを指摘してあげていたら、ちょっとは違っていたのかもしれませんね」

「ええ。自身のハイド氏とは、上手くやって行きたいものですな」

亜門は苦笑する。

自分の汚点から目をそらさず、かといって、それに溺れず、上手く付き合って行くのはなかなかに難しそうだ。だからこそ、本音を語れる友人が必要ということか。

「司君も、胸に秘めていることがあったら、私に打ち明けて下さっても構いませんぞ」

亜門は、私の方を向いて微笑んだ。その父性溢れる眼差しに、思わず頷いてしまいそうになる。

だが、頷き切るには至らなかった。

「勿論、相談したいことがあったら相談しますよ。頼れる親友ですし」

「そう、ですか」

亜門の表情が僅かに曇る。私が全面的に同意出来なかったのを、察されてしまったのだ。

「……その、亜門も僕に本音を語ってくれていいんですからね。亜門のこと、色々と知りたいですし。それに、あなたが独りで苦しむのは、僕も辛いですし……」

「そう……ですな」

亜門は、躊躇いを見せた後、曖昧に頷いた。私達は顔を見合わせると、お互いに苦笑する。

「いやはや。他人に偉そうなことを申しておきながら、私自身はハイド氏をひた隠しにしているとは。我ながら、情けないものですな」

「いいえ。ゆっくりでいいんです。亜門のハイド氏が外に出たいと思った時に、戸口を僕に向けてくれればいいんです」

「恐れ入ります」

亜門は恭しく頭を下げた。

「や、やめてくださいよ。頭を下げられるようなこと、してませんし！」

慌てる私に、亜門はくすりと笑う。からかい半分だったのだと気付き、私は少しだけ口を尖らせてみせた。

〝ジキルとハイド〟は、ＳＦでもファンタジーでもホラーでもなかった。

自分に勝てなかった孤独な男の話だった。

『薬自体は善でも悪でもない。私の人格という牢獄の戸を揺さぶっただけのことだ』とジキル博士も言っていた。

千夏は、美空綾の不躾な振る舞いが〝薬〟と同等の起爆剤となり、押し殺していたハイド氏が顔を出してしまった。美空綾もまた、千夏の怒りが〝薬〟と同じような切っ掛けになり、ハイド氏が露骨な袋とじの頁となって現れたのだろう。とは言え、美空綾は、常にハイド氏の片鱗を見せていたわけだが。

いつ何時、何が切っ掛けで、隠していたものが飛び出すか分からない。

だから、何を隠しているかをちゃんと見極めなくては。そうでないと、飛び出した時に制御が出来なくなってしまうし、そうすることで、手綱を握ることが出来るだろうから。

そんな想いを胸に、私もまた、自身の本音とそっと向き合っていたのであった。

幕間　身近で便利な珈琲

その日は大晦日だった。

神保町全体に、何処となく慌ただしさが漂うものの、〝止まり木〟はいつものように穏やかだった。

「司君。今更なのですが、ご実家に帰られたりはしないのですか？」

奥のソファで本を読んでいた亜門が顔を上げる。私は、本を棚に差す手を止めた。

「いいえ。帰るタイミングを逃しちゃって。というか、そこまで遠くないから、年末年始でわざわざ帰る必要もないんですよね」

「ほう。ご実家はどちらなのですか？」

「神奈川県なんです。すぐ隣ですよ」

「それは、それは。帰り易くて良い場所ですな」

亜門の言葉に、「本当に」と頷きながら笑ってみせた。

「新年の休みを与えそびれた悪い雇用主の所為で、帰れないのかと思いました」

「ははは……」

眉尻（まゆじり）を下げて苦笑する亜門に、私もまた苦笑を返した。

「休暇が欲しい時は、遠慮なくおっしゃって下さい。私も、うっかりすることはありますからな」

「じゃあ、お言葉に甘えて。と言っても、新年の休みを貰（もら）っても、どうせ家でゴロゴロするだけなんで、寧（むし）ろ、こちらで働きたいくらいなんですけど」

そう、実家に戻ろうが、自宅にいようが、同じようなものだった。

いや、実家に帰ったら、怠惰（たいだ）な生活なんて送れないかもしれない。この年末年始で戻ってくるだろう家族を思い出し、私は沈黙してしまった。

「どうなさいました？」

「いえ、家族の……姉のことを思い出して」

「お姉様がいらっしゃるのですか。司君のご家族というのならば、さぞや麗（うるわ）しい淑女でしような」

その言葉を聞いた私は、反射的に首を横に振る。

「とんでもない！　おっかない姉ですよ！　気が恐ろしく強いんです。僕なんていつも尻に敷かれてたし……」

「それは、災難ですな……」

亜門は素直に同情の眼差（まなざ）しをくれる。

実家に戻れば、その姉が根掘り葉掘り聞いて来るだろう。一人暮らしはどうなのか、会社はどうなったのか、結婚はどうなのか。この三つは絶対に質問される。一番目の質問は兎も角、二番目を尋ねられるとなかなかに痛い。今の状況を説明しても、理解して貰えるとも思えなかった。そして、三番目は余計なお世話である。

「実家は、しばらく帰らないと思います……。いや、姉が帰って来ないところを見計らって戻るようになるかと……」

「では、他の新年のご予定は？　ご友人と初詣には行かれないのですか？」

ふと、三谷の顔が過ぎる。しかしそれと同時に、「元旦の初詣って、完全に花見ならぬ人見だよな。よく、あんなの行く気になるよなぁ」とぼやいていたのを思い出す。

「……三谷は、そういうのに興味が無いんで」

「おや、左様ですか。では、お一人で過ごされるのですか？」

「まあ、そうなりますかね。特に予定はないんで、今夜は紅白歌合戦でも見ながらのんびりと過ごしますよ。年が明けたら、無印良品の福袋と福缶くらいは買いに行くと思いますけど」

亜門は、「ふむ」と顎を摩る。

「どうしました？」

「司君。休暇はどれほど欲しいですか？」

「いやぁ、さっきも言ったように、家にいてもだらしなく過ごしてしまいそうなんで、こちらで働きたいです」

働くと言っても、〝止まり木〟の業務はそれほど大変な作業ではない。

接客と掃除と棚整理と、偶に買い出しがあるものの、お客さん自体が少ないので接客をする機会があまりない。どちらかと言うと、店主との会話が主な業務になっている。

（書店員というよりも、お手伝いさんみたいだな……）

隠居貴族の道楽のお店を手伝う人、という方がしっくり来る。同じアルバイト書店員でも、バリバリ働いている三谷との差は大きい。

「司君は勤勉ですな」

「まさか。あなたとこうしてお喋りがしたいだけですよ」

私の言葉に、亜門は「ほう」と目を輝かせた。

「それでは、一つ、我儘を申してもよろしいですか？」

「僕が何か出来る範囲であれば……」

「この後は、この亜門とプライベートな付き合いとして、休暇を過ごして頂くことは出来ますか？」

「勿論！」

プライベート、即ち、友人として。

即答する私に、亜門は満足そうに頷いたのであった。

いつもよりもお客さんが少ないものの、新刊書店の中は妙に慌ただしかった。そんな様子に首を傾げながら、私は亜門と共に神保町の街へと繰り出す。日はほとんど沈み、頭上には夜空が拡がっている。吐く息は白く、思わずマフラーに首を沈めた。

「ここ最近、初詣に行ってなかったのです」

星がちらほらとちりばめられた空を見上げながら、亜門は言った。

「初詣って……。あなたが初詣に行っても、大丈夫なんですか？」

「異教の魔神とは言え、こちらが礼を尽くせば、この国の神々は受け入れてくれますからな。参拝のマナーさえ守れば、とやかくは言われません」

神社であれば、鳥居の前で軽く会釈をし、手水舎で手を清め、二礼二拍手一礼で拝礼という手順を踏まなくてはいけない。寺院であれば、また違ったマナーになるのだが、私は、若干あやふやだった。

「ただ、魔に属するものという定義が成されている以上、神域の結界に引っかかることがありましてな」

「あ、そういうのがあるんですね。魔のものを寄せ付けないっていう……」

「大抵、そのまま進んでしまいますが」

「易々と結界を破らないで下さい⁉」

聖堂であるはずのニコライ堂に出入りをしている亜門だったが、あの門を越える度に結界を破っているのだろうか。そう考えると、控えめに言ってもいい根性をしている。

「私はだいぶ魔の領域から離れてしまっておりますからな。結界の作用も、そこまで強固なものでもありません」

「あ、なるほど」

「しかし、結界を越える度に、祀られている方々を驚かせてしまうのも申し訳なくてですな」

「そうですよね……」

「そこで、同行して下さる人間の方を探していたのです。人間の方と一緒であれば、結界も手薄になりますからな」

亜門の視線が私に向く。そうか、そういう流れか。

「つまり、僕と初詣に行きたいと……」

「ご迷惑ですか？」

「とんでもない！」

私は勢いよく首を横に振る。

「因(ちな)みに、何処に行きたいか聞いても良いですか？」

「神田明神です」

「ああ、やっぱり……」

神保町の近所となれば、神田明神か靖国(やすくに)神社だ。

神田明神には、商いに強い神様達が祀られている所為か、年始は商売人の参拝客でごった返しているという噂(うわさ)を聞いたことがある。

「亜門も、やっぱり商いをちゃんとしたいと思ってるんですか？」

「いいえ。あの活気に溢(あふ)れる境内が好きでしてな」

「初詣じゃなくて、人見が目的だ⁉」

確かに、神田明神は活気に満ちているだろうが、まさか、それ自体が目的だとは。

「今はあのように大きな神社となっておりますが、元々は小さな村の鎮守社だったようですな。そこで徳川家康殿が戦勝祈願をし、それが叶(かな)ったということで、江戸幕府になってから今のように大きくなったと聞きました」

「そうなんですね……」

せっかくの蘊蓄(うんちく)にも、私は半分上の空になっていた。それを察してか、亜門は「安心してください」と言う。

「初詣の後、司君の求める無印良品のフクカンとやらを買いに行きましょう」

「いやいや、別に福缶は必須じゃないですから！　それに、あなたを初売りの行列に並ばせることなんて出来ないですよ！」

「そうおっしゃらないで下さい。私は一度、初売りの行列というものに並んでみたかったのです」

「ええー……」

亜門の優雅な笑顔に、私は何とも言えない声をあげてしまう。完全に、庶民の生活に興味を持つ貴族の顔だ。

あの初売りの行列の殺伐とした空気を、まるで分かっていない。

あれは、道楽ではなく勝負なのだ。あの中に亜門が並んでいたら、とてつもなく浮くし、何よりシュールだった。

「司君が乗り気でないのならば、私は遠慮しますが」

「……要検討ってところですね」

初詣へ行き、その足で初売りに行く気なんだろうか。そうなると、徹夜で並ぶことになるのではないだろうか。

「あ、いや……、どうなんだろう。――えっと、これから神田明神に行くんですか？」

まだ夕方だ。外で新年を待つには、かなり早い時間帯である。新年を迎える前に、風邪を引いてしまいそうだ。

不安になる私に、亜門は首を横に振る。

「新年を迎える前に、やらなくてはいけないことがありましてな」

「えっ、なんですか?」

大掃除だろうか。そのための道具を買いに行こうというのだろうか。

だが、〝止まり木〟は、日々、埃が積もらないように私が念入りに掃除をしているので、大規模な清掃は必要ないと思うのだが。

首を傾げる私に、亜門はキザっぽく指を振った。

「司君。日本人たるもの、忘れてはいけませんぞ」

「えっと、何を……」

「年越しそばです。私は、あなたと年越しそばを食べたいのです」

そばを置いている店は、何処も満席だった。それどころか、ラーメンの店も、店の外に人が溢れ返っている状態だ。

「一足遅かったようですな……」

亜門は悔しげに呟く。

「みんな、考えることは一緒なんでしょうね……。コンビニも、年越しそば用のそばが売り切れてましたし……」

丁度目の前で、何人かの若者がラーメン屋にやって来た。しかし、並んでいる人の多さに「うわっ」と声をあげて、何処かへと去って行ってしまった。

「神保町でこれほどでは、少々足を延ばしたところで空いている店は見つけられそうにありませんな」

「そうですね。住宅が少ない神保町でこれほどなら、住宅が多いところはもっと凄いでしょうね……」

私達はふたりして溜息を吐く。するとその時、私のお腹から、きゅるるという情けない音がした。

「き、聞かなかったことにして下さいよ！」

「司君のお腹も鳴き出しましたな」

私は慌ててお腹を押さえる。

そんな中、亜門は通りを遠い目で眺めながら、こうぼやいた。

「いっそのこと、パスタでも良い気もしますな」

「パスタ⁉　イタリアンじゃないですか！」

「いいえ。ナポリタンであれば、日本食ですぞ」

「もう、麺類なら何でもいいと思ってませんか⁉」

しかし、時には妥協も必要だ。このままそばを求めて彷徨っていたら、それこそ、年を越してしまいそうだった。

そばを止め、勿論、うどんも止め、ラーメンすら止めて、パスタ屋を探す。オフィス街の年末なので、閉まっているところも少なくはない。

散々歩き回った末に、我々は何とか洋食屋に辿り着いた。

ほっと一息吐きながら、メニュー表にスパゲッティーナポリタンがあるのを確認する。そばとは程遠いが、亜門がこれで良しとするのなら、私も文句はない。

「亜門、飲み物は何を頼みます？　僕は飲めませんけど、亜門がアルコールを飲みたいのなら、頼んでも大丈夫ですよ」

亜門にメニュー表を差し出す。すると彼は、ちらちらとメニュー表を窺い、散々迷った挙句に、「いや、ストレートティーで……」と答えた。

「えっ、紅茶でいいんですか？」

「珈琲はありませんでしたからな」と飽くまでも澄ました顔で答える。

「いや、でも、アルコール飲料の方を見てたじゃないですか」

「やれやれ、見破られておりましたか。実を言うと、私は――」

高いワインを飲みたいのだろうか。私の奢りにでもならない限りは、亜門が好きなものを飲んで欲しかった。

遠慮なんてしないで下さい。

そう言おうとして亜門の言葉を待つものの、紡がれたのは全く予想をしていない言葉だった。

「麦酒が好きなのです」

「へ？　ビールですか？」

「ええ、そうなりますな。……意外ですか？」

「意外も何も……」

亜門がビールを飲んでいるのを見たことが無い。偶にワインや私の知らないような高いお酒を空けることはあったが。

隣の席では、年配の男性グループが、口に泡をつけながら美味しそうにビールを飲んでいる。反対側の席でも、中年男性二人組がビールをぐびぐびと音を立てながら飲んでいた。

「頼めばいいじゃないですか。僕は気にしませんし」

「いいえ。私は麦酒を飲むと――」

「飲むと？」

寝てしまうのだろうか。

いや、亜門がアルコール飲料で潰れたのを見たことは無い。常に平然としていたので、強いはずだ。では、何だというのか。

「際限が無くなるのです。本当にお恥ずかしいほどに目が無いので、この店が提供出来る麦酒を、全て飲み干してしまいそうでしてな」

「……やめましょう」

私は、ストレートティーを二つと、スパゲッティーナポリタン二皿を頼むことにした。

「皆さまの愉しみを奪うのは、本意ではありませんからな……」

深刻な顔でのたまう亜門に、「そうですね……」としか返せなかった。私はまだまだ、この友人のことを知らないようだ。

「あ、そうだ。この後はどうするんですか？」

まさか、スパゲッティーナポリタンで年越しまで粘れないだろう。かと言って、神田明神に向かうのはまだ早い。

亜門は、ふっと微笑むとこう言った。

「程よい時間になるまで、我が隠れ家で休息をしましょう。身体が温まる珈琲を、淹れて差し上げますぞ」

「了解しました。でも、亜門の珈琲は美味しいから、一度飲んだら店から出られなくなっちゃいそうですね」

「フフフ。お褒めに与り、光栄ですな」

亜門はゆったりと微笑む。

年末の店の騒がしさが、少しだけ心地よい。スーツ姿の客が多いが、少し遅い仕事納めをして来た人達なんだろうか。

お疲れ様です。と心の中で声をかけつつ、私はスパゲッティーナポリタンを待ったのであった。


店を出る頃には、完全に夜になっていた。

靖国通りの店には、ほとんどシャッターが降りている。既に、正月用の飾りを出しているところもあった。祝日に休業する店が多いので、三箇日もこの通りは静かになるのだろう。そう思うと、少し寂しかった。

「すっかりお腹いっぱいになってしまいましたね」

私は満腹感を抱きつつ、お腹を摩る。すると、亜門は意地悪な笑みを浮かべた。

「おや。それでは、珈琲は入りませんかな?」

「珈琲は別腹ですってば。もー……」

その瞬間、びょうと冷たい風が吹く。たまらずに、マフラーの中に顔を埋めた。

「寒っ……。早く帰りましょう……!」

ついさっき、紅茶で温まったばかりだというのに、身体はもう冷えていた。手袋をしているにもかかわらず、指先はかじかんでいる。風が吹く度に、心臓の辺りがきゅーっとなるのを感じた。

「仕方がありませんな。ほら、じきに着きますぞ」

亜門は風上を歩き、風除けになってくれる。この時ばかりは申し訳ないが、厚意に甘えることにした。

神保町を見下ろす新刊書店の看板が、徐々に近づく。曲線を描く靖国通り沿いに歩き、正面の入り口へと辿り着いた。

「あ、あれ？」

「おや……？」

私達を待っていたのは、締め切られたシャッターだった。

慌てて時計を見るものの、まだ、閉店時刻ではない。それなのに、シャッターの向こうからは、人の気配が感じられなかった。

「むっ。司君、これをご覧ください」

亜門が張り紙を見つける。

新刊書店の前に張り出されたそれには、年末年始の営業時間が丁寧に書かれていた。

「短縮営業……」

通常の閉店時間よりも、早く閉店するとのことだった。そして、今は既に、その時間を過ぎている。

そうか。だから、我々が新刊書店を後にした時間帯に、店内が慌ただしかったのだ。

しかも悪いことに、元旦は休業日だった。

即ち、私達は新刊書店から閉め出されてしまったのだ。それまで、我々は普通の手段では〃止まり木〃に帰れなくなってしまったのだ。

店が開くのは、明後日の朝になる。それまで、我々は普通の手段では〃止まり木〃に帰れなくなってしまったのだ。

「はっはっは、これは一本取られましたな」

亜門が顔に手を当てて笑う。私も、乾いた笑みを浮かべた。笑っている場合ではないが、笑うことしか出来なかった。

しかし、冷たい風が私の頬を撫で、笑顔も急速に萎む。項垂れた私の口から、つい、情けない声が漏れてしまった。

「……珈琲、飲みたかった」

〃止まり木〃で亜門に珈琲を淹れて貰い、他愛ない話をしたり、本を読んだりしながら、和やかに年越しを迎える。そんな年末を思い描いていたというのに。

そんな私を見兼ねてか、亜門はふと踵を返し、新刊書店の入り口から離れる。その先には、自動販売機があった。

「亜門、もしかして……」

「司君はだいぶ寒そうですからな。私が珈琲を淹れられない分、こちらで我慢して下さい」

亜門はホット缶コーヒーを買うと、そっと私に差し出してくれた。彼は紳士的な笑顔だったが、私は曖昧に笑いながら受け取った。

「缶コーヒーか……。あ、有り難うございます……」

「おや。それは、嬉しくなさそうな顔ですな」

「あなたの厚意はとても嬉しいんですけど、やっぱり、淹れたてのがよかったなぁ、なんて」

缶コーヒーは、あまり飲んだことが無い。特に、〝止まり木〟で働き出してからはそれが顕著になってしまった。淹れたての方が美味しいのだと、信じて疑わなくなってしまったからだ。

「司君」

亜門は、私が手にした缶コーヒーを再び摑む。

「缶コーヒーというのは、日本人の発明なのですぞ」

「えっ、そうなんですか？」

亜門は、ふと新刊書店の二階を見やる。今は暗いので見えないが、そこにはＵＣＣのカフェが入っていたはずだ。

「本格的なミルク入りの缶コーヒーはＵＣＣの創業者たる、上島氏が考案したものでしてな。それまでは、売店で売られているような珈琲は瓶入りで、飲み終わったら瓶を返すという仕組みだったのです。つまり、その場で飲まなくてはいけないということですな」

まくしたてるように話し出す亜門に、「そ、そうですね……」としか返せなかった。

「しかし、缶に入っていれば、いつでもどこでも飲めるというわけです。しかも、常温での運搬が可能なので、流通させ易いとも思ったのでしょう。それが、昨今、こうして何時でも何処でも飲める珈琲に繋がったのです」

UCCの缶コーヒーが誕生したのは、一九六九年だそうだ。その時の缶コーヒーは、プルタブ式ではなくて缶切りで穴を開けるタイプだったらしい。

「確かに、常に忙しそうな日本人らしい発明ですよね。今となっては、多忙なビジネスマンのお供ですし……」

「ええ。私はビジネスマンではありませんが、珈琲を片時も離さないようにしようという姿勢は敬服に値すると思っております。そういうわけなので、司君が缶コーヒーに有り難みを感じられないというのなら、司君に代わって私が飲みますぞ」

缶コーヒーを掴む亜門の手は、ちょっとやそっとでは微動だにしなかった。眼鏡の奥に見える猛禽の瞳は、いつもより些か鋭い気がする。

「す、すいません！　缶コーヒーの偉大さは分かりましたから！」

私が謝罪をすると、亜門はあっさりと手を放す。思わず後ろに倒れそうになるのを、何とか踏み止まった。

「まあ、司君は移動の時に缶コーヒーを飲み、身体を温めて下さい。ひとまず、休憩が出来そうなところを探しましょう。巣に代わる場所も、必要ですしな」

亜門は缶コーヒーを私に託すと、明大通りの方へと足を向ける。その先には、山の上ホテルがあるはずだ。

「そうですね、お供します……」

缶コーヒーを両手で包むと、冷えた指先は徐々に温もりを取り戻していく。それだけで、私の身体はだいぶ楽になった。

「何だか、逆に開けるのが勿体無くなってしまいましたね」

「おや。早く飲まないと、私が飲んでしまいますぞ」

振り返った亜門が、そんな冗談をくれる。

「もー、勘弁して下さいよ」

缶コーヒーの恩恵に賜るべく、プルタブを開いて口をつける。

少しばかりスチールの風味がするものの、珈琲自体はコクがあってほろ苦く、私の舌には充分過ぎるほど美味しかった。

缶コーヒーで身体の内を温めつつ、私は手軽に珈琲が手に入ることの有り難さを、噛み締めながら、亜門と共に大晦日の明大通りを歩き始めたのであった。

第二話　ツカサ・イン・アンダーグラウンド

「御機嫌よう、本の隠者にその友人よ！」

昼過ぎに、嵐のように勢いよく扉を開け放ったのは、派手な衣装の青年だった。鮮やかな青髪と、マッドハッターを彷彿させるシルクハットが、彼が何者かを物語っている。

「コバルトさん、亜門でしたら書庫ですよ」

「なんてことだ！　用事がある時に限って、アモンは書庫に引きこもっているなんて！」

コバルトは大袈裟な仕草で、顔を覆った。

〝止まり木〟に彼が訪れると、途端に騒がしくなる。穏やかな店内が嵐に掻き回されたようになるのは、彼が嵐を司る豊穣神だったからなのだろうか。

「コバルトさんは頻繁に来ますけど、亜門が書庫に居るのはそのうちの三割くらいですよ？」

「確率がなんだ！　必要な時に居ないから、困っているんだ！」

「……よ、呼んで来ましょうか？」

コバルトは目を見開きながらそう言った。

「……い、いや、それはいい」

書庫の整理をしに行った時は、大体、書庫の本に没頭している。読書を邪魔しようものなら、どんな報復が待っているか、想像するだに恐ろしい。

「ツカサが居れば平気だと高を括っていたが、先日はジャコウネコの落とし物を不意打ちで飲まされたしな……」

「あれは衝撃的でした……」

ふたりして頭を抱える。

読書をしている亜門は、触らぬ魔神に祟りなし、だ。

「因みに、どんな用なんです？」

「よくぞ聞いてくれた！」

コバルトは手近な椅子を引っ張って来ると、そちらに勢いよく腰を下ろした。

「〝あってあるもの〟の兵士の、動向が怪しくてね」

「えっ」

思わず声をあげる。込み入った話になりそうなので、私もそばにあった椅子に腰かけた。

「それって、アザリアさん達の……」

「そう。先日、あの時に会った、あの小生意気な小僧の姿を近所で見かけたんだ」

「小生意気な……。風音君のことですか？」

君、とつけてしまったが、きっと彼の方が私よりも年上だ。だが、見た目が私よりも若いので、不可抗力ということにして貰おう。

「そうそう。カザネを見かけてね」

「まあ、彼はこの辺りを管轄しているみたいですしね。……というか、待ってください。コバルトさんは、神保町をウロウロしてたんですか？」

「ああ。いけないか？」

コバルトはあっさりと頷く。

「いけなくはないですけど、目立ちますよね……」

神保町はビジネスマンと学生と、古書を求めてやって来る人達が多い街だ。特に後者はシニア層が多いので、街は自然と落ち着いた色合いになる。そんな中で、色鮮やかなマッドハッターが歩いていたら、かなり浮いてしまうのではないだろうか。

現に、神保町のお祭りたるブックフェスティバルでも、彼はやたらと目立っていた。

「渋谷や原宿だったら、比較的溶け込めるんでしょうけど」

「何処に降りてどんな格好をしようと、俺の勝手だろう。その土地ごとにドレスコードがあるならば兎も角、空気を読んで個を消すなんて、俺は御免だね」

ぷいっとそっぽを向かれてしまった。「す、すいません」と慌てて詫びる。

「因みに、神保町には何の用事があったか、聞いても良いですか？」

「本を探していたのさ。可愛い本をね。あとは、可愛いヴィンテージだ」

「ヴィンテージ？　そんなのを取り扱っているお店、ありましたっけ」

首を傾(かし)げる私に、コバルトは意外そうな顔をする。

「なんだ。ツカサは知らないのか。ヤスクニ通り沿いにある店の三階に、この国のヴィンテージを扱っているところがあるというのに」

「あっ、知ってます！　神保町駅の近くにあるお店ですよね。入ったことがあります！」

主に昭和以前のレトロな雑貨を扱っているお店がある。駄菓子屋に売っていたような玩具(がんぐ)や、古い絵葉書や雑誌なども置いていた。私は偶(たま)に、私の知らない時代の空気を求めて、そのお店に立ち寄ることがある。

「この国のヴィンテージは独特の味がある。俺は好きなんだが、屋敷や庭園に合わないのが欠点だ。だから、近々、和風のヴィンテージを置くための部屋を作ろうかと思ってね」

「確かに、和風レトロは可愛いって言われてますもんね。その部屋が出来たら、ちょっと見てみたいかも」

「ちょっとと言わず、存分に見せてやろう！」

コバルトは目を輝かせる。まるで、おもちゃを自慢する子供だ。微笑(ほほえ)ましくて、つい、顔がほころんでしまう。

「おっと。話がそれてしまったな。和風ヴィンテージのことは、今はどうでもいいんだ」

「ツッコミそびれてましたけど、ヴィンテージって言葉は、あんまり和小物に合いませんよね……」

個人的には、レトロの方が馴染む。

それはともかく。

「風音君がどうしたんですか？　動向が怪しいって？」

「百聞は一見に如かずと言うからな。付いて来たまえ！」

コバルトは、私の腕をむんずと摑んで立ち上がる。

「ちょ、ちょっと待って下さいよ！　仕事中なんで、勝手に出かけたら怒られますって！」

「アモンは君にそこまで怒らないだろう。気にするな！」

「気にしますよ！　職務放棄も甚だしい！」

私の抗議に、コバルトはぴたりと動きを止めた。私の意思を尊重してくれるのだろうか。

しかし、私の期待など打ち砕くかのように、コバルトはこう言った。

「ツカサ、これも接客の一つだ。アモンに一筆書けば、彼も心配しないだろう。さあ、一筆残したまえ！」

コバルトが懐を探ると、レース模様の華美な便箋と封筒が姿を現した。一筆残す書き置きにしては大袈裟過ぎるそれを見て、私の気は遠くなりかけたのであった。

コバルトに連れ去られる旨を書き残した私は、引きずられるままに〝止まり木〟を出た。

コバルトと風音。最早、波乱以外の何ものも予想出来ない。

この時ばかりは、祈りたくなった。しかし、信仰する神がいない私は、誰に祈るのか。日本人だから日本の神々や仏様に祈った方がいいのだろうが、下手に祈って彼らがやって来ても面倒くさいので、一先ずは、今、書庫にいる親友に祈った。

「ここだ」

コバルトは、新刊書店のすぐ近くで立ち止まった。

靖国通りが丁度折れ曲がり、他の道路と交わる三叉路の前で、やたらと年季の入った古書店や海外ゲームを扱ってると思しき店に、魚専門の飲み屋さんらしき店が並んでいた。

「あそこの人形も可愛いな。買って帰ろうか。窓辺に飾ったら、きっと映えるぞ」

「コバルトさん。あれは、ボードゲームに使う駒ですから……」

海外ゲームショップの店頭に展示されているフィギュアから、コバルトをやんわりと引き離す。

「で、ここがどうしたんですか？」

「正確には、こちらだな」

コバルトが指したのは、店と店の間に出来た隙間だった。

丁度、大人一人がようやく入れるほどに空いている。ここに、こんな隙間はあっただろうか。

「この中に、奴が入っていったんだ」

「この中に……？　彼の体格ならば入れるでしょうけど、この先って……」

目を凝らすが、闇が拡がっているばかりだ。地理的には、我々が先程までいた新刊書店のビルに突きあたりそうなのだが。

「しかも、周囲をやけに気にしていてね。だから、怪しいと思ったのさ」

「この中に、見られたくないものでもあるんでしょうかね」

「それだ！」

コバルトは弾けんばかりの表情で叫んだ。古書店街に現れた派手なマッドハッターに、通行人達は注目する。コバルトは、そんな視線を気にした様子もない。

「それ、って……」

「もし、そんなものがあるのならば、見てみたいじゃないか！」

「嗚呼」と私は顔を覆った。亜門に、二度目の祈りを捧げる。

「まさか、次に会った時には、それをネタに弄るんじゃあ……」

「それも良いが、純粋に興味がある」

「良いんだ……」

胸を張って答えるコバルトに、私は頭を抱えた。

弱みを握るでもなく、敵対する相手を如何こうするつもりもなく、ただ、単純に興味のみで動く。実に、彼らしい。

「で、もしかして、この中に侵入したいとか……？」

「勿論」

「僕も、ですか？」

「勿論だとも！」

「コバルトさんも、その格好で？」

「愚問だぞ、ツカサ！」

コバルトは、腰に手を当てて言い放つ。

服が汚れることを理由にやめさせようという作戦は、失敗に終わった。どうやら、興味のためにならば、服が汚れることは厭わないらしい。

「さあ、行くぞ！　準備はいいか⁉」

コバルトは私の腕を掴むと、意気揚々と隙間に入ろうとする。

「ま、ま、待ってください！」

「待たないね！　あまりのんびりしていると、また、〝時間〟を殺してしまう。彼と仲良くするためにも、思い立ったが吉日だ！」

コバルトは常に吉日ではないだろうか。

私の抵抗も虚しく、我々は建物の隙間の中へと、吸い込まれるように入っていったのであった。

身体(からだ)の両側が壁に擦(こす)れる。着ているのは安物のジャケットだったが、明らかに汚れが擦り込まれる様子に、震えが止まらなかった。

家の洗濯機で洗えるだろうか。強力な洗剤を使った方がいいだろうか。そんなことを考えながら現実逃避をしていると、ふと、違和感を覚えた。

「あれ？」

声を上げた途端、目の前が開ける。

我々が出たのは、やけに広い空間だったのである。

「ほほう、これは……」

コバルトが興味深そうな声をあげる。

頭上にあったのは、空ではなかった。石造りの天井だ。しかも、周囲にビルの気配はなく、ただひたすら、苔生(こけむ)した石の壁が我々を囲んでいた。窓の類(たぐい)も見当たらない。

まるで、テレビゲームのダンジョンだ。

今まで外にいたのに、急に地下室のような場所に出てしまった。頭が混乱しそうになるのを抑え、何とか周囲を見回す。

広間のような部屋の奥に、木で出来た扉がある。その前に、台座があった。

背後を振り返るが、我々が来た道は無かった。ただ、無機質な壁があるだけである。

「ど、ど、どういうことなんです……？」

夢でも見ているのかと、目を擦る。

もしかしたら、私は今、靖国通りの歩道で眠っているのではないだろうか。それならば、誰かに起こして貰わなくては。そう考える私をよそに、コバルトはこう言った。

「これは、境界を利用した結界だな」

「境界？」

「そうさ。昔から、境界というのは特別な空間でね。村の入り口や川、交差点などが昔ながらの境界だ。建物が密集するようになってからは、その間も境界になっている」

「あっ」と声を漏らす。私達がやって来たのは、交差点近くであり、建物と建物の間だ。

「境界は、異界と繋（つな）がっているとも言われていたのさ。そのような信仰が根強いから、我々にとっても境界は大きな力を発揮する場所でもある。結界の作用もまた、より強力になるということさ」

「ま、待って下さいよ！」

コバルトの解説を制止する。

彼は何てこともないように言ってくれるが、つまりそれは――。

「我々は、風音君の結界に囚（とら）われたということじゃないですか」

「そうだな」

「そうだな、って。そんな軽いものじゃないでしょう……」

風音の結界は、以前に味わったことがある。彼を中心に張ったそれは、現世と我々を遮断するものだった。あの時は、亜門やコバルト、そして、アザリアくらいしか干渉が出来なかった。私は逃れようとしたものの、さっぱり上手く行かなかったのである。

それに境界の力とやらが加わったら、どうなってしまうのか。

「ここ、結界云々というよりも明らかに異界じゃないですか。僕らが移動した距離からして、新刊書店のビルにぶつかるはずなのに、こんな空間に出るのはおかしいですよ」

それに、帰り道だって無くなっている。

しかし、コバルトは平然としていた。寧ろ、ワクワクしているようにすら見えた。

「おかしいのは大いに結構！　つまりは、この先も予想に反した面白い出来事が待っているかもしれないということだ！」

コバルトの発言に、再び意識が遠くなる。

「まあ、それがあの〝あってあるもの〟の兵士によってもたらされるのは遺憾だがね。それでも、この状況は面白い！」

「……面白い、って。帰り道が無くなってるのに……」

「ああ、帰り道は無い。しかし、進むべき道はある」

コバルトは、奥にある木の扉を指し示す。

「まずは、あそこを開けてみよう。台座に何かあるようだが、小さくなれる薬かもしれないぞ！」

「……〝不思議の国のアリス〟じゃないんだから」

「アリスとマッドハッターで小さな扉をくぐるのも、型破りで面白いじゃないか」

「僕はアリスじゃないですから！」

現実世界から異界に迷い込んだ存在という意味なのだろうが、女の子の役に自分が当てられるのは勘弁して欲しかった。

しかし、私の叫びなど無視をして、コバルトは台座を覗き込む。

「ツカサ。これを見たまえ」

コバルトが指し示したのは、二つの賽だった。その下には、〝5〟と書かれている。

「サイコロですね。なんで二つあるんだろう。それに、この数字は……」

触るのは躊躇われたので、やや遠くから賽を眺める。コバルトは扉に手をかけるが、ノブを捻ってもビクともしなかった。

「なるほど」

「何か分かったんですか？」

「『私を振って』ということだな」

〝私をお飲み〟と書かれた小瓶のことを思い出す。

「これ、振っても大丈夫なんですか？」

「それは、やってみないと分からないな」

「コバルトさんがやって下さいよ」

「構わないが、何かがあった時に、俺は君を守れないかもしれないぞ」

それは困る。大いに困る。

帰り道は無くなり、目の前には固く閉ざされた扉しかない。完全に手詰まりだった。この状況で、サイコロを振らないという選択肢はない。

「……僕が振ります」

「うむ。結構」

コバルトは鷹揚に頷き、扉から一歩下がった。

恐る恐る、サイコロを手に取る。しかし、何も起こらない。一先ずは安心だ。

（何の問題も無く、扉が開いてくれますように……！）

こんな事態になっているとも知らずに書庫で呑気に読書をしているだろう親友に祈りを捧げつつ、サイコロを振った。台座の上に、二つのサイコロが転がる。

彼らが示した数字は、両方とも〝1〟だった。

「ほう。ゾロ目じゃないか！」

コバルトが声をあげる。その横で、扉がひとりでに開いた。

「良かった、扉が開いた……」

一体、どういうルールなのか。とにかく、道が開けたからよしとしよう。

私が扉の向こうを窺おうとしたその時、不意に、熱を感じた。

「ツカサ、避けろ！」

コバルトが私の腕を引っ張る。その瞬間、扉の向こうから燃え盛る炎が噴き出した。

「ぎゃああっ！」

激しい炎が、私がいた場所を台座ごと嘗め尽くす。前髪に掠ったのか、焦げ臭さが鼻を衝いた。

炎は散々に台座を蹂躙すると、やがて、勢いを失って消えて行く。台座は真っ黒になり、サイコロは完全に炭になっていた。

「ツカサ、大丈夫か？」

「え、ええ。生きてます」

引っ張られた拍子にへたり込んでしまったが、壁を頼りに何とか立ち上がる。

「それにしても、派手な仕掛けだったな。君を焼き殺そうとするかのようだったじゃないか」

「あれは、完全にその気でしたね……」

「何にせよ、ツカサの丸焼きが出来なくて良かった。君をこんがり焼いてしまったら、アモンに顔向けが出来ないからな」

「焼き加減を具体的に言わないで下さいよ……」

頭を振って呻(うめ)く。

一体、どういうことなのか。先程の炎は、まるでトラップだ。元々トラップが仕掛けてあったのだろうか。そして、あのサイコロにはどんな意味があったのだろうか。

「そうか……」

「どうした、ツカサ」

心当たりが、一つだけある。

「あれは、〝ファンブル〟だったんですよ……」

震える声でコバルトに言う。

「どういうことだ？　俺に分かるように説明したまえ」

「ボードゲームってご存知ですか？」

「チェスのことか？」

「まあ、チェスもボードゲームですね……。雰囲気はあんな感じです。卓上でワイワイやる類のものです。その中に、T(テーブルトーク)RPGというものがありまして」

「てーぶるとーくあーるぴーじー？」

「そもそも、RPGってご存知ですか？」

「いいや。一から分かるように説明したまえ」

知らなくて当たり前と言わんばかりに、コバルトはぴしゃりとそう言った。

「えっと、RPGっていうのは、ロールプレイングゲーム――つまり、キャラクターになりきって物語を進めるゲームなんですよ。仲間を集めて悪の親玉を倒しに行くっていうストーリーが王道なんですけど」

「なるほど！　たとえば、〝オズの魔法使い〟のドロシーになりきり、西の悪い魔女を倒しに行くまでのストーリーをなぞるゲームも、RPGになりそうだな！」

「あ、そうですね。〝オズの魔法使い〟だと後編も目的がはっきりしているので、西の悪い魔女を倒した後のストーリーもRPG化出来そうですね」

RPGだと、ゲームに登場する人物やアイテムなどから情報を得て、自分で謎解き（なぞと）をするという楽しさもある。頁（ページ）をめくるとストーリーが進む本とは違い、RPGは主人公を自分なりに動かしてようやくストーリーが進むのである。ひと手間はあるが、そこに謎を解いたという達成感があるし、能動的に動く自由度もある。

「で、今はテレビゲームやアプリゲームが主流で、コンピューターが主人公以外を動かしてくれるんですよね。でも、TRPGはその卓上アナログ版で、主人公以外――通行人やら村人やら、敵まで、GM（ゲームマスター）という役割の人物が動かすんですよ」

「ふむ。GMとやらがコンピューターの代わりをするのか。しかし、人間にはそこまでの処理能力はないだろう？」

「ええ、そりゃあ、まあ。だから、コンピューターのRPGよりも全体的に簡素になりますね。でも、相手が人間だからこそ、臨機応変に対応が出来るんですよ」

「確かに。コンピューターは予め仕込まれたことしか出来ないようだからな」

コバルトの言葉に、僕は深く頷いた。

「プレイヤーから、『西の魔女を説得して、旅の仲間にしたい』っていう申請があったら、それが叶うかもしれませんし」

「なんと！」

コバルトは目を輝かせる。

「成敗されるはずの西の魔女が仲間になるなんて、奇想天外で面白そうじゃないか！　だが、どうやって説得するんだ？」

「それは、プレイヤーの演技に委ねられる時もありますし、サイコロを使う時もあります」

ようやく、先ほどのサイコロの話に戻れる。

「色んなルールがありまして、百面ダイスを使う時もあるんですけどね。まあ、今回は六面ダイス二つだったんで、それに準じた説明をしますね？」

「ああ」とコバルトは頷く。じっとこちらを見つめており、興味津々のようだ。

「GMは目標値というのを設定するんですよ。例えば、『西の魔女への説得が成功した』という結果の目標値を、十とします。その場合、プレイヤーが六面ダイスを二つ振って、出た目の合計値が十以上だったら、説得が成功したことになるんです」

「ほほう。そう考えると、先ほどの罠は――」

「台座に書いてあった〝5〟が目標値だったんですよ」

「で、ツカサが出した目は〝1〟と〝1〟、即ち合計値が目標値に満たなかったから、罠が発動したということか」

「TRPG風のニュアンスで言うと、『罠があることに気が付かなかった』とか、『罠を自分で回避出来なかった』ということなんでしょうけど……」

「けど？」

　コバルトが首を傾げる。

「〝1〟のゾロ目は、もっと悪い意味なんです。ダイスロールには、ファンブルとクリティカルっていうのがあるんですよ。ファンブルは絶対失敗、クリティカルは絶対成功のことです」

「〝1〟のゾロ目、即ち、サイコロの一番小さな目が揃った時に、ファンブルになるということか？　ならば、逆に一番大きな目が揃った時は、クリティカルとやらなのかな」

「その通りです、コバルトさん！」

「それならば、常にクリティカル——即ち、〝6〟のゾロ目を出せばいいじゃないか！」

コバルトは、「これだ！」と言わんばかりに目を見開いて提案する。

「そんなに簡単に出るなら、苦労しないですから！」

そう。だからこその、クリティカルだ。

これも採用しているルールによって多少の違いがあるが、先ほどの状況からして、この認識で間違いないだろう。

「GMの裁量にもよりますけど、クリティカルが出るとただ成功するよりもいい結果がついてくることがあるんですよね。でも、ファンブルになると逆で……」

「普通ならば炎で火傷する程度のところを、消し炭になる可能性もあるということだな」

「普通ならば、炎で火傷しただけでも重傷ですけどね……」

相槌を打つコバルトに、私は溜息を吐く。だが、彼の見解は間違っていないはずだ。コバルトが助けてくれなければ、私は今頃、この世には居なかっただろう。

「ふむふむ、なるほどな」

彼はしばらく顎に手を当てて考え込んでいたが、やがて、顔を上げてこう言った。

「面白い！　これは面白いぞ、ツカサ！」

「面白くないです！」

思わず悲鳴を上げてしまう。

「僕は危うく、燃えカスになるところだったんですよ⁉」

「無事だったじゃないか」

「結果論ですから！」

前髪が少し焼けてしまったので、正確には、無事ではない。そんな私に構わず、コバルトは開けっ放しの扉の向こうへと足を踏み入れた。

「あっ、危ないですよ！」

「大丈夫。何ともないぞ」

コバルトはひらひらと手を振る。罠は既に発動してしまったようで、うんともすんとも言わなかった。

私は一先ず、胸を撫(な)で下ろす。

「まあ、ツカサは俺の後ろに居たまえ。殿(しんがり)は殿で危険だろうが、前に来ても避けられないだろうしな」

「返す言葉も御座いません……」

暗闇の先は、下り階段だった。手探りと、上階から漏れる微(かす)かな光を頼りに、私達はそろりそろりと降りた。

もっとも、コバルトはいつもと変わらない堂々たる足取りで、全くひるむことなく先に進む。見る見るうちに背中が小さくなってしまうので、慌ててそれを追いかけた。

しばらく行くと、広々とした部屋に出た。部屋の中央には長テーブルがあり、そこには豪勢な食器がずらりと並んでいる。

そう、食器だけだった。さもそこに食事が載せられているかのように、食器が並んでいた。

「何でしょう、これ」

「さあ。これから食事を用意するのかもしれないし、すでに食べてしまったのかもしれないな」

でも、前者にしては、皿が多過ぎる。何せ、テーブルを覆いつくすほど並んでいるのだ。後者にしては、皿が綺麗過ぎた。

「もしくは、ツカサが料理になるとか……」

「怖いこと言わないで下さい。〝注文の多い料理店〟みたいな展開を想像しているなら、その対象は僕だけじゃなくてコバルトさんもですからね」

今のところ、謎のクリームを塗らされたり、自らの身体を塩揉みにせよと言われていないので、そうでないと思いたい。

「うん？　これは手紙か？」

コバルトはテーブルの上に紙を見つけた。私も、それを覗き込む。

そこには、ポップな文字でこう書かれていた。

〝青ひげ危機一髪〟と。

「は……？」

黒ひげではないんだろうか。いや、そもそも、どういう意味なんだろうか。

よく見れば、文章が続いていた。

――数々の危機を乗り越え、この鍵で奥の小部屋を開けよう！

紙には、丁寧に小さな鍵が添えられていた。

「ふぅん。何の変哲もない鍵のようだが」

コバルトは鍵をじろじろと眺める。その隣には、二つのサイコロがあった。その下には、〝6〟という数字が書かれている。

「うわっ、判定用のサイコロですよ。しかも、また数字が書いてある！」

私は思わず隠れてしまう。だが、コバルトは物怖じせずにそれをむんずと掴んだかと思うと、鼻歌交じりに振ってみせた。

サイコロは白いクロスの掛けられたテーブルの上を転がり、空の皿にぶつかって止まる。目は、〝5〟と〝4〟だった。

「ふむ。まずまずか」

コバルトがそう頷いた途端、テーブルの上の皿が光に包まれる。まばゆいそれが収まったかと思うと、そこには上等な食事が盛り付けられていた。

「あ、あれ？　いつの間に……！」

「ほう。これは素晴らしい！」

コバルトは目を輝かせる。

スープは出来たてなのか、白い湯気がほこほこと立っている。程よい焦げ目のついたパンや、グラスになみなみと注がれた葡萄酒、分厚く切り分けられた肉料理などが並んでいた。

「今の判定は、この料理が知覚出来るかどうかだったんですかね。これは魔法で見えなくなっていて、判定に成功すれば、魔法が見破れるとか……」

「そうかもしれないが、魔法を使う者として、このサイコロの力を借りずに感じ取りたかったものだ」

コバルトはサイコロをピンと弾く。

「それにしても、美味しそうですね……」

昼食をとるタイミングを逃していたせいで、私のお腹はペコペコだった。

「ふむ、毒ではないようだな」

コバルトはグラスを傾け、葡萄酒の香りを嗅ぐ。私は我慢がし切れず、近くのバスケットからパンを取り出した。

一口含むと、ふっくらとした感触が口の中で広がる。噛めば噛むほど、しみじみとした甘さがにじみ出た。

「このパン、美味しい……！　というか、コバルトさんは匂(にお)いで毒かそうでないかが分かるんですね！」

流石(さすが)は、元豊穣神だ。

「いや、勘だ」

「勘ん⁉」

思わず、パンを噴き出しそうになる。だが、時は既に遅い。飲み込んでしまった後だった。

「どうしたんだ、ツカサ」

「勘で毒じゃないなんて言わないで下さいよ！　食べちゃったじゃないですか！」

「無事だったじゃないか」

「結果論ですってば！」

あっけらかんとしているコバルトに、私は抗議の声をあげる。

「ならば、ツカサは毒ではないという確信が得られない限り、口にしなかったということか」

「そりゃあ、毒だったら取り返しがつかないじゃないですか……」

「ああ。確かにそうかもしれない。しかし、何事も踏み出してこそ、何らかの結果がついてくるものだ。何もしない者には、何の結果もついてこない。最初のサイコロも、振らなければ先に進めなかっただろう」

コバルトはそう言って、葡萄酒を口に含む。

「ふむ。悪くないな」

何もしない者には、何の結果もついてこない。先にも進めない。

その言葉が、私の胸に突き刺さる。

「でも、取り返しのつかないことになるよりは……」

「取り返しのつかないこととは、何だろうな」

コバルトは取り皿を手にすると、サラダや肉をよそい始めた。

「どうあがいても、元に戻らないことですかね……。主に、やらなきゃよかったと思うことだと思います……」

「元に戻そうと思うから無理が生じるんだ」

取り皿に料理を丁寧に盛り付けながら、コバルトは続ける。

「俺が口にした葡萄酒も、ツカサが食べたパンも、元通りになんてならない。それなのに、『元通りにしろ』と怒られたら、ツカサならどうする？」

「えっと……。吐き出したら更に怒られそうだから、許して貰えるまで謝るか、可能であれば代用品を買って来るか……ですかね」

「なんだ、ツカサは自分で作らないのか」

「パンなんて、焼いたことありませんよ」

そもそも、料理自体あまり上手くない。

全体的に、味が希薄になってしまうのだ。どんなに調味料を使っても、何故か気の抜けたような味になってしまう。別に不味いわけではないのだが、美味いとも言えない。多分、センスが致命的に無いんだろう。そんな私がパンを頑張って焼いたところで、その怒っている相手を満足させられるとは思えない。

「まあ、ツカサがパンを焼いたことが無いのはさて置き。謝ったり、代用品を買ったり、色々な手段があるだろう？　買ってきた代用品の方が主人の好みに合って、逆に気に入られるかもしれない」

「……なるほど。可能性は、色々とありますね」

「そう。色々とあるんだ」

コバルトは、盛り付けが終わった取り皿を私に勧める。

「さ、座りたまえ。腹が減っては戦が出来ないというからな。今のうちに食べておいた方がいいだろう。ホストもいないし、ここに居るのは君の友人の友人たる俺だけだ。テーブルマナーも気にする必要は無い」

コバルトは、片目をパチンと閉じる。私は、促されるままに席に着いた。

「取り返しのつかないことは、沢山あるかもしれない。しかし、良い結果をもたらすか否かは、事が起きてからの行動にかかっているということだ。リスクばかり気にして何もしない臆病者のところには、悪いことも来ないかもしれないが、良いことも来ないということさ」

コバルトもまたそう論じながら、席に着く。

「〝青ひげ〟の物語を知っているかい？」

「えっ？　黒ひげの青バージョンじゃないんですか？」

先ほどの、〝青ひげ危機一髪〟を思い出しながら問う。すると、コバルトは私の額を指で弾くような仕草をしてみせた。

「シャルル・ペローの童話さ。アモンが聞いたら苦笑するぞ」

「え、あ、ああ……」

童話、と言われてピンと来た。ずいぶんと昔に、読み聞かせてもらった気がする。

確か、青ひげという、ひげが青くて恐ろしい外見の男がいて、彼の元に嫁いだ令嬢が、好奇心に負けて禁じられた部屋を覗いてしまい、ひどい目に遭うという話だったはずだ。

私の粗筋を聞いて、「大まかには合ってる」とコバルトは頷いた。

「恐ろしい見た目の青ひげは、或る美しい令嬢を娶った。令嬢は青ひげの裕福な屋敷のあらゆる場所の鍵を渡されていて、入室の許可も得ていたが、或る小部屋にだけは入ってはいけないと言われていた」

だが、青ひげが留守の時に、その小部屋に入ってしまった。

そこで彼女が見たものは、無残にも殺された青ひげの前妻達の姿だった。

帰って来た青ひげに、その小部屋を見てしまったことがバレてしまい、殺されそうになる。しかし、彼女の兄達が助けに来てくれて、青ひげを退治してめでたしめでたし、という話だそうだ。

「〝青ひげ〟に登場した令嬢だって、青ひげに襲われそうになった時、兄達の助けを諦めずに待ったからこそ、青ひげの魔の手から逃れられ、その上、莫大な富と幸せな生活を得られたんだ。あそこで青ひげに屈していたら、哀れな前妻の仲間入りをしていただろうね」

つまりは、起きてしまったことを悔いるよりも、それからどうするかが大事なのである。

コバルトは、そうやって話を戻した。

私は、薔薇の花のように盛りつけられた肉を一枚ずつ取りながら、彼の言葉を聞いていた。

とても、力強い言葉だった。前に進めと言っているようだった。

「そう……ですね。コバルトさんの言う通りだと思います……。ただ、根が臆病なので、なかなか実行に移せませんけど」

「無理の無い程度にやればいい。行動を起こすのに精いっぱいで、後は力尽きて何も出来ないんじゃ意味がないしな」

コバルトは、グラスを揺らしながらそう言った。

花弁のような肉を口にしてみたが、とろとろとした食感で実に美味しい。ついつい、二口、三口と口に運んでしまった。

「因みに、著者のシャルル・ペローは、他にも様々な童話を手掛けている。〝眠れる森の美女〟や、〝赤ずきん〟、〝サンドリヨンまたは小さなガラスの靴〟も彼の作品さ」

「へぇ……、有名な童話ばかりですね。サンドリヨンは初めて聞きましたけど」

「サンドリヨンとは、灰かぶりのことさ」

「あっ、シンデレラ……！」

「そうとも！」

コバルトは両手を広げる。

「まさか、あの辺の有名どころが、みんな同じ作者だったなんて……」

いずれも、児童向けの絵本として販売されて、世界中で親しまれている。しかも、コバルト曰く、彼は三百年以上も前に生きていたフランスの詩人らしい。こんなに長く、しかも、東の果ての地でも物語が愛読されているとは、ペロー氏が知ったら驚くだろう。

「そのシャルルさんの〝青ひげ〟がこんな所に使われているなんて、意味深ですよね」

「それに、小部屋の鍵があり、そこを目指すのが目的だからな」

　私とコバルトは顔を見合わせる。スープの湯気だけが、ゆらゆらとその場で揺らめいていた。

「このゴールこそが罠のような気がしないでもないんですけど……」

　正しく、青ひげが今か今かと待っているのではないだろうか。

「この食事も、僕達をおかずにして食べるつもりだったんじゃあ……」

「〝注文の多い料理店〟と混ざってるぞ、ツカサ。青ひげは食人鬼じゃない」

　コバルトは真っ当なツッコミをしてくれた。

「とにかく、進まなければ何も始まらない。そもそもの、あのカザネとやらの謎も解けない」

　そうだ。我々は、怪しい動向をしている風音のことを探りに来たのだった。のんびりと料理を食べに来たわけではない。

「……行くしか、無いというわけですか」

「その通りだ、ツカサ。虎穴に入らずんば虎子かわいい、だ」

「……虎穴に入らずんば虎子を得ず、ですよね」

「モフモフで、肉球プニプニだぞ、ツカサ」

「そりゃあ、幼い虎は可愛いですけど……！」

　コバルトは真剣そのものの表情で、葡萄酒を飲み干す。私もまた、取り皿に盛られた肉料理とサラダを完食した。

「ま、青ひげがやって来ようと、俺がいるから安心したまえ」

コバルトはそう言って立ち上がる。

そうだ。あの、天使である風音を退けたコバルトがいるのだ。青ひげがどんなに恐ろしい男でも、元豊穣神にして戦の神であり、現役の魔神の敵ではないだろう。

私も、コバルトに続いて立ち上がる。料理はまだ残っていて勿体なかったけれど、今はそこでゆっくりしている場合ではなかった。

「名残惜しそうだな、ツカサ。タッパーとやらに詰めて持って帰ってもいいんだぞ」

「タッパーなんて、持ち歩いてないですから!」

一瞬でもそうしたいと思ってしまった自分が情けない。

食堂を後にした我々を待っていたのは、長い廊下だった。柔らかい絨毯が敷かれ、左右の壁には明かりが灯っている。

「道は真っ直ぐのようだな」

「そうですね……」

分かれ道の類は見当たらない。コバルトが二歩先を歩き、私がその後を追う。

しばらく往くと、道の真ん中に、唐突に台座が生えていた。その上には、当然のように二つのサイコロが置いてある。

目標値は、〝9〟だった。

「うわ、高いですよ、コバルトさん……」

「ツカサの番だぞ」

「えっ、僕⁉」

慌てる私の掌に、コバルトはさも当然のようにサイコロを載せた。

「い、嫌ですよ。さっき、ファンブルを出したのを見たでしょう⁉」

運がとことん無い私に、この高い目標値がクリア出来るはずがない。しかし、コバルトは私の肩を叩いてこう言った。

「嘆くのは結果が出てからにしたまえ。何事も、やらなければ始まらないぞ」

「……うう。この場合は、コバルトさんがやれば解決すると思うんだけどなぁ」

ぼやきつつも、私は意を決してサイコロを握った。

良い結果をもたらすか否かは、事が起きてからの行動にかかっている。

コバルトの教えを胸に、サイコロを台座の上に向かって振ってみた。

〝4〟と〝4〟。足して〝8〟だった。

「あああっ、判定失敗だ！」

「終末を迎えた者のような顔をするな。まだ、アバドンも終末の獣も来ちゃいない。そもそも、失敗したのだと分かっていれば、迎え撃てばいいだけだし」

「あっ、そうですよね……！」

私とコバルトで周囲を見回す。

しかし、壁の一部が開いて炎が飛び出したり、天井から矢が降って来たり、落とし穴が出来る気配はなかった。

「……何も、起こらないですね」

「いいや、すでに起こってるかもしれないぞ。例えば、ツカサの髪が鬘になっているとか」

「怖い想像をさせないで下さいよ！」

髪の毛を引っ張ってみるが、毛根はちゃんと根ざしていた。

「目標値を達成しなかったということは、何かに失敗したはずなんですよね」

「これから失敗するのかもしれないぞ」

コバルトは、縁起でもないことを言う。

ならば、気を付ければ何とかならないだろうか。そう思いながら踏み出した瞬間、足の裏に、違和感を覚えた。

カチッ
「えっ、カチッ？」

首を傾げながら足の裏を見やる。

すると、絨毯と同じ色の、四角いスイッチがあったではないか。私はそれに、気付けなかったのだ。

　何やら、足元が小刻みに揺れ始める。それは徐々に激しくなり、遠くから地響きが聞こえて来た。

「ツカサ、前だ！」

「へ？」

　コバルトに促されるままに、前を見やる。

　すると、何ということだろう。巨大な岩が、こちらに目掛けてゴロゴロと転がって来るではないか。

「うわあああっ！」

　コバルトに引っ張られながら、急いで壁に張り付く。すれすれのところで岩は通り過ぎ、不穏な余韻を残しながら、食堂の方へと消えて行ったのであった。

「あ、有り難うございます、コバルトさん」

「礼には及ばないね。ツカサがぺちゃんこのミートパイにならなくてよかった」

「相変わらず、表現がえげつない……」

　廊下の真ん中にあった台座は、木っ端みじんになっていた。あちらこちらに散らばる木片にぞっとしつつ、その場を離れる。

「あと、どれくらいの道程なんだろう……」

「さあね。しかし、こんな凝った結界を張るなんて、よほど見られたくないことをしていると見える」

コバルトは、ふむと顎に手を当てる。

「風音君は、何を隠そうとしているんでしょう」

「彼らの秘密の計画を進めているのかもしれないし……」

それは有り得る。

アザリアは、彼らの主もまた、力を失いつつあるのだと言っていた。それを取り戻すためならば、少なくともあの主を妄信している風音は、手段を選ばないようにも思える。

「彼がこの先におやつを隠しているのかもしれないな……」

「待ってください」

「何だ？」

コバルトはきょとんとした表情で、こちらに顔を向ける。

「たかがおやつで、こんな大掛かりな仕掛けをされてたまりますか！」

「たかがおやつ、されどおやつ。おやつを馬鹿にする者は、おやつに泣くんだぞ！」

自信満々で指をさされる。最早、返す言葉は無かった。

「おやつか秘密の計画かは兎も角、先に進むという選択肢以外はないわけだ。さあ、行くぞ、ツカサ！」

「はいはい……」

岩が無茶苦茶にした絨毯を踏みしめながら、コバルトは意気揚々と進む。私はその後を、力の無い足取りでのろのろと追ったのであった。

その後、飛んでくる槍（やり）をかわしたり、タライに降って来られたり、水攻めに遭いかけたりしながらも、何とか先へ進んだ。

「ううう。タライがぶつかった頭が、まだ痛い……」

私は石で出来た階段を下りながら、頭を抱える。

「ツカサは、どの判定も惜しかったな。だが、ファンブルを出さなかったんだ。成長したのだと、胸を張りたまえ」

「どちらかと言うと、運の問題ですけどね……」

コバルトは槍を携えていた。トラップとして降って来たものを、そのまま持って来てしまったのだ。

「それ、どうする気なんですか？」

「我らに仇（あだ）を成すものに使うのさ」

コバルトは槍を掲げながらそう言った。その様子は、やけにしっくりと来ている。

そう言えば、彼の本来の武器は槍だと聞いていた。だから、ステッキよりも手に馴染むのだろう。

「まあ、これだけでは威力が劣るがね。嵐の力をまとってこそ、本来の威力を発揮するものだから」

風音にぶつけた強力な一撃を思い出す。あの時はステッキだったが、今回は彼の得意な武器である槍だ。威力は更に期待出来そうである。

「さて、着いたぞ」

階段を降り切ると、広い空間があった。四方は石で囲まれ、じっとりとした空気がわだかまっている。湿気が身体にまとわりつき、まるで、牢獄(ろうごく)のような陰鬱(いんうつ)さだった。

その奥に、鉄の扉があった。照明は階段の方にあるだけで、扉をぼんやりと照らす程度にとどまっている。そのためか、扉はやけに汚れているように見えた。

「……何だか、嫌な感じの扉ですね」

「これが、例の小部屋かもしれないな」

周囲に台座もサイコロも無い。ここでは判定不要ということか。

「ツカサ」

「はい」

コバルトに小部屋の鍵を渡される。私はそれを受け取ると、恐る恐る鉄の扉へ向けた。

扉には、頑丈そうな南京錠(ナンキンじょう)が掛けられている。これは、外から鍵をかけたら、中から出られない仕組みだ。

これが青ひげの秘密の小部屋であることは間違いない。この中に、恐ろしい仕打ちをされた哀れな前妻を閉じ込めたに違いない。

鍵を持つ手が震える。もう片方の手でそれをぐっと押さえると、勢いのままに鍵を錠前に突っ込んだ。

鍵はすんなり入り、ひとたび捻れば手ごたえがした。

「大当たりのようだな。開けるのは、俺がやろうか？」

コバルトはそう申し出てくれたが、私は首を横に振った。

「いえ、これくらいはさせてください。僕でも出来ることは、僕がやらないと……」

「結構」

コバルトは一歩下がり、槍を持って周囲の警戒に専念してくれる。その背中を頼もしく思いながら、私は鉄の扉を思いっ切り押した。

ギギギィと軋(きし)むような音を立てて、扉は気だるげに開かれる。

中は、真っ暗だった。光は届かなかった。

「ふむ。──失礼」

コバルトがぱちんと指を鳴らすと、我々の目の前に蝶(ちょう)が現れた。青い燐光(りんこう)を放ちながら、それは華麗にひらひらと舞う。

豆電球程度の明るさだが、小部屋の中をぼんやりと照らしてくれた。薄い青に染められた部屋を、私は改めて覗き込む。

そこで、声を失った。

「あ、ああ……」

思わずよろめく。コバルトが支えてくれたが、身体の震えは止まらなかった。

「大丈夫か、ツカサ。やはり、哀れな奥方が捕えられていたのか？」

私は首を横に振る。状況を説明しようにも声にならないので、部屋の中を必死に指さした。

促されるように、コバルトは小部屋を覗き見る。彼もまた、「むっ」と言葉に詰まった。

「なんということだ、これは……」

「ま、まさか、秘密の小部屋の中身が、こんなことになっていたなんて。……これは、正しく――」

白くしなやかな四肢、そして、艶(あで)やかなドレス。ぼんやりと浮かび上がったのは、複数の女性だった。しかし、瞳(ひとみ)は見開かれ、その身体はピクリとも動かない。生命の気配はなく、物質としか思えない彼女らは――。

「美少女フィギュアだ！」

そう、等身大の美少女フィギュアだった。

と言っても、アニメや漫画のキャラクター然とした造形ではなく、植毛がされていて、ドレスも布製だ。暗がりで見れば、本物の女性のように見える。

「いや、どっちかというと、ドールなのかな……」

部屋の中に、そっと足を踏み入れる。

血なまぐささの類は無い。塗料の匂いがするくらいだ。よく見れば、部屋の奥には腕や足のパーツがゴロゴロと転がっている。まだ製作段階のものもあるのだろうか。

「ふむ。この家の主(あるじ)はドール趣味か。俺も少しだけ齧(かじ)ったことはあるがね。悪い趣味じゃない」

コバルトは、ドールのスカートをひょいと摘(つ)まむ。

「コバルトさん、ドールを作ったことがあるんですか」

「ビスクドールならば、一時期ハマってね。ただ、長続きはしなかった」

「どうしてか、聞いても良いですか……？」

私の問いに、コバルトはドールのスカートを放して肩をすくめる。

「人形に可愛い服を着させたいんじゃなくて、俺が可愛い服を着たいんだということが分かったんだ」

「あ……、そ、そうですか……」

胸を張って言い放つコバルトから、そっと目をそらす。彼の、フリルやらレースやらが異常に使われた衣装は、ドール趣味を経たものだったのか。

「って、コバルトさんの趣味はさて置き、どうするんですか、これ。ゴールに着いたのに、ドールしかないし……」

「ふむ。青ひげ危機一髪というくらいだからな。危機一髪にならなくてはいけないんじゃないか？」

「危機なら、もう何度も体験しましたけど……」

呻く私に、コバルトは「しっ」と人差し指を向けた。どうしたんですか、と視線で返す。

「何か聞こえないか？」

足の裏から微かな振動が伝わる。あの転がる岩のような連続性は無い。断続的でいて、少しずつ大きくなって来た。

まずい。

そう思って小部屋から飛び出した瞬間、我々の目の前を、巨大な影が遮った。

「貴様らァ！」

「ひえぇえっ」

悲鳴が口から飛び出す。

そこに居たのは、二メートルもあるかという巨体の男だった。顔はもじゃもじゃとした青い髭(ひげ)で覆われていて、髪の毛との区別がつかない。毛で覆われた顔からは、二つの目がぎょろりと覗いており、濁った白目をぎらぎらと血走らせていた。

「このひとが、青ひげ……」

正に怪物だった。手には大きな斧を持っている。伐るというよりも、叩きつけて砕くと言わんばかりである。

「勝手にわしのアトリエに入りおって！　ドールのように解体してくれるわァ！」

「か、勘弁して下さい！」と私は後ずさりをする。

「それが嫌ならば、ドールの着ているような服をとっかえひっかえ着せて、存分に楽しんでくれるわァ！」

「変態だーっ！」

思わずコバルトの後ろに隠れる。

青ひげに対して、コバルトは冷静だった。私をかばうように、槍を構える。

「ここにいるドールの服というと、女物のドレスだろう？　俺は女装なんて御免だね」

「貴様、そんな格好をしているくせに、女物が嫌だと？」

青ひげは鼻で嗤う。鼻の下の髭が、ふわりと鼻息で舞った。

「ああ、嫌さ。俺は男として存在している。その概念にプライドだってある」

コバルトは優雅な仕草で、己を示す。中性的な美貌を持つ彼の一人称が〝俺〟なのも、それを意識しているのだろうか。

感心して見ている私達の目の前で、彼は続けてこう言った。

「それに、俺は可愛いからね。可愛い人物が可愛い物を着ても、可愛いだけだろう！　男物を敢(あ)えて可愛く着ることで、可愛さの真価が試されるということだ！」

「こっちもこっちで、相当アレだったー!?」

もはや、私に逃げ場はないということか。前門のドール好き、後門のファッションモンスターである。

コバルトと私は、小部屋から出る。青ひげもまた、距離を詰めた。その手には、私の頭なんて一撃で粉砕出来そうな斧が携(たずさ)えられている。

しかし、こちらにはコバルトがいる。彼の雷をまとった一撃さえ決まれば、青ひげなどイチコロだろう。

（だといいけど……）

どうも、一抹の不安が拭(ぬぐ)い切れない。

ふと、小部屋の扉の近くに、何かが置いてあるのに気付く。いつの間にか置いてあるそれをよく見れば、例の台座だった。

当然のように、サイコロが二つある。その下には、〝11〟と書かれていた。確率は、一割未満である。

（一体、何の判定だろう。青ひげに対する攻撃の判定だろうか……）

私は、敢えて振らないことにした。

判定に失敗し、下手に不利になる事態は避けたかった。こればかりは、勝機が見えている現在、臆病風に吹かれたことにはならないだろう。

「コバルトさん、頑張って下さい！」

「まあ、致し方あるまい」

青ひげが構える。コバルトもまた、槍を構えて天を仰いだ。

暗雲が立ち込め、風が髪をなぶり、雷鳴が轟く。

周囲は嵐の前触れのように——なることはなかった。

「あ、あれ？」

私は天井を見上げる。しかし、石の天井があるだけだ。風も吹かなければ、雷鳴も聞こえない。

「ふむ」とコバルトは槍を降ろす。

「ツカサ。君は嵐の時、どうしている？」

「えっと、外だと色々なものが飛んで来て怖いので、屋内に居ますね。自宅とか、〝止まり木〟とか」

「そう。屋内は安全なんだ」

「は、はい」

「ツカサ、ここは地下だ。そして、俺が操るのは嵐の力だ」

「それじゃあ、もしかして……」

「俺の力は、使えないな！」

コバルトはこちらを振り返ると、小さく舌を出してウインクをしてみせる。それで許されると思ったら、大間違いだ。

「ど、どうするんですか！」

「そりゃあ、当然……」

我々の間に影が差す。青ひげは、間近に迫っていた。

「逃げるのさ！」

コバルトが私を突き飛ばす。我々がいた場所を、鉄の斧が容赦なく打ち砕いた。細かくなった石床の欠片が、私の頬にぱちぱちと当たる。コバルトは避けた反動で受け身を取るが、私はどうしてもよろけてしまう。

「まずは、貴様からだ！」

髭もじゃの青ひげは、ぎらりとこちらをねめつける。

「縦巻きロールの鬘をつけて、ゴシックドレスを着させてやろう！」

「い、嫌すぎる！」

青ひげは、大きな斧を振り被る。鬘や着せ替え以前に、そんなものを振り下ろされたら、私の頭は割れてしまう。

「ツカサ！」

コバルトが槍を向けるが、青ひげの方が早い。気付いた時には、私は台座のサイコロを掴み取り、青ひげに目掛けて投げ付けていた。

「この、あっちに行け！」

サイコロが、青ひげの屈強な身体に当たって床に落ちる。しかし、青ひげが応えた様子はない。

「がははは、そんなもの、俺に通用すると――」

「思ってはいませんが、これはどうですかな？」

刹那、青ひげの斧が吹っ飛ばされる。現れたのは、猛禽の瞳の紳士だった。

「亜門！」

「アモン、どうしてここに！」

杖で斧を弾き飛ばした亜門は、紳士的ないつもの笑みを湛える。

「書き置きを見ましてな。そこで、コバルト殿の気配を追ったのです。その先で、司君の声が聞こえたので、駆けつけた次第です」

なんと頼もしいことか。私はその場にへたり込みそうになる。

しかし、私の声はそんなに大きくはないはずだが、よく聞こえたものだ。そう思った私の足元には、先ほど投げたサイコロが落ちていた。

「あっ、これは……」

出た数字は〝6〟と〝6〟だった。絶対成功のクリティカルだ。この幸運が、亜門を呼んだのだろうか。

「おのれ……、よくもやってくれたな……！」

青ひげの瞳は怒りに燃え上がっていた。痛む手を摩ったかと思うと、斧を引っ掴んで亜門の方へと距離を縮める。

「両名とも、私の大切な友人です。これ以上手荒な真似をするとなると、私も容赦はしませんぞ」

「ほざけっ！」

青ひげは、あろうことか斧を投げる。亜門はそれを軽々とかわすが、狙いはそこではなかった。

「なっ……」

亜門の手から、杖が弾き飛ばされる。斧は背後の床に突き刺さり、杖は足元へと転がった。

「貴様達全員、俺の小部屋に閉じ込めてくれるわーッ！」

青ひげが亜門に突進する。体格ならば、熊のような青ひげの方が上だ。

「亜門！」

私は思わず悲鳴をあげるが、コバルトは無言だった。それどころか、彼は槍を早々に放り出していた。

亜門は、青ひげの太くも長い腕をすれすれでかわす。しかし、親指を引っかけられて、眼鏡が宙を舞った。

私は声にならない悲鳴をあげる。だが、青ひげの渾身の体当たりが亜門を捕えようとした瞬間、ゴッという凄まじい衝撃音が、地下に響いた。

ぐらりと巨体が揺れたかと思うと、大きな音を立てて床に倒れた。

床に転がる青ひげ、拳を突き出したままの亜門。一瞬、この状況が理解出来なかった。

「素晴らしい！」

コバルトがひとり、弾けんばかりの笑顔で拍手をする。

「流石はアモン！　青ひげの顎も、木っ端みじんだ！」

亜門のフックは、青ひげの顎を見事に捕えていた。その証拠に、青ひげの顎がおかしな方向に歪んでいる。木っ端みじんではないが、見事なノックアウトだ。

「司君、お怪我はありませんかな？」

亜門がそっと手を差し伸べる。

眼鏡が無いとその双眸の精悍さが強調され、賢者というよりも騎士のようだった。

「ずるいぞ、ツカサ！　俺もアモンに心配されたいのに！」

コバルトが背後で無茶苦茶なことを言う。

「えっと……、見事なパンチでした……」

亜門の手を取る前に、私は床に転がっている銀縁の眼鏡を拾う。

「忘れて下さい……。拳で殴るなど、咄嗟のこととは言え、紳士にあるまじき蛮行……！」

「それでも、ツカサを救ったのだからいいじゃないか！　俺も久々に、良いものが見れたしな！」

肩を落とす亜門の背中を、コバルトがポンポンと叩く。私もまた、亜門にそっと眼鏡を手渡した。

「その、有り難うございます……。お陰で、命拾いをしました」

「司君がそうおっしゃるのなら、少しは救われるのですが」

亜門は、溜息まじりに眼鏡拭きで汚れを拭う。

「見たまえ。結界が解除されるぞ。ここから抜け出すには、青ひげを倒す必要があったようだな」

コバルトの言うように、周囲の風景が希薄になっていく。のびている青ひげが消え、石の壁が失せ、空が見えるようになった。

我々がいる場所は、ビルとビルの隙間だった。

ほんのわずかな空間に、我々成人男性三人と——。

「なっ、お前達、何処から来たんだ！」

風音の声が聞こえた。見れば、ビルに張り付くようにして、彼がこっちを見ていた。

「えっと、それは、青ひげの地下から……」

「お前が仕掛けた結界を抜けて来たのさ。実に面白い余興だったね」

コバルトは、アスファルトにツカツカと足音を響かせながら、風音に歩み寄る。

「で、こんなところで何をしている？　というか、何か隠しているな」

「く、来るな！」

風音は、背中に隠している何かを必死に守りながら、威嚇（いかく）するように叫ぶ。しかし、コバルトに通じるはずもなかった。

コバルトは、風音の肩口からひょいと後ろを覗き込む。

「おっ」

「何があったのですか？」

亜門が尋ねる。すると、コバルトが手招きをした。

その横で、風音が絶望に打ちひしがれんばかりにくずおれる。

そんな風音に断りの会釈をしつつ、私と亜門はコバルトが促すままにそちらを見やる。

するとそこには、ふわふわした毛をまとった、生き物がいた。

箱の中に、ふかふかのタオルと共に入れられていた。

前脚に添え木と包帯が施されているが、怪我をしているのだろうか。小奇麗な段ボール

そう、猫だった。小さくて幼いぶち猫だ。

「猫、ですね……」

「猫ですな」

「猫だ」

「あああああ……」

風音が悲鳴とも呻き声とも溜息ともつかない声を出す。子猫は、「にぃ」とか細い声で鳴いた。

「生後間もない子猫のようですが、風音君が拾ったのですかな？」

「べ、べ、別に、怪我をしているところを保護したとか、仕方がないから世話をしているとか、そんなんじゃないからな！」

「怪我をしているところを保護して、世話をしてあげてるんだね……」

私に復唱され、風音は大いに顔を覆う。全て自分で白状してしまうこの辺りが、彼の上司たる何でも信じてしまうアザリアに似ている。

「ふぅん。可愛いところがあるじゃないか」

コバルトはしゃがみ込み、子猫の頭を指先でぐりぐりと撫でる。子猫はよく懐いていて、

気持ち良さそうに目を細めていた。

「か、可愛いとか言うな！　これは、単に……！」

喚いていた風音であったが、急に声が途切れる。上体がぐらりと揺れ、アスファルトの上に倒れ込んだ。

「風音君⁉」

亜門と私が駆け寄る。

すると、突っ伏した風音は、辛うじて聞こえる声でこう言った。

「お腹が、すいた……」

彼のお腹から、哀しげな腹の虫の鳴き声が聞こえる。

天使もお腹が空くんだな、としみじみと感じ入ってしまったのであった。


靖国通り沿いに、〝ランチョン〟というビアホールがある。

潑剌とした笑顔のコックの像が、我々を快く迎えてくれた。階段を上って店内へと入ると、大きな窓から靖国通りを往く人達を見下ろせた。亜門が軒を借りている新刊書店の看板も、よく見える。

古くからあるためか、店内の客はご年配が多い。彼らは若い頃から通っているのだろうか。店内もまたビアホール然とした造りをしているが、まだ日が高いので、私はソフトドリンクを頼んだ。

しばらくして料理が運ばれてくると、ぐったりとしていた風音は目の色を変えた。食い入るように、出来たてのオムライスを見つめる。

「……あ、悪魔に施しを受けるとは！」

「早く食べないと、冷めてしまいますぞ」

「くそっ……！」

風音は祈りの言葉を口にしたかと思うと、大きなスプーンでオムライスをがっつりとすくう。どちらかと言うと上品な大きさの口をめいっぱい開けて、オムライスを放り込んだ。

「あつっ！　でも、おいひい……！」

「火傷をしてはいけませんからな。一口で食べれる大きさに切り分け、冷ましながら召し上がると良いでしょう」

亜門はやんわりとアドバイスをする。

「天使って、お腹が空くんですね……」

「まあ、蓄積したエネルギーが尽きたわけですな。食べる、即ち、エネルギーを摂取するという概念に基づいた行動であれば、或る程度の補給が可能です。しかし、一番いいのは、信仰から。二番目に良いのは、霊脈から力を受け取ることですな」

亜門は、遠い目で風音を見やる。

「霊脈でしたら、この近くであれば、靖国神社や神田明神などが良いわけですが……」

「異教の魔神の聖地に向かうなど、言語道断だ！」

風音は頬にご飯粒をつけながら、くわっと目を見開いた。

「――とまあ、本人がこの調子では無理でしょうな。あちらに祀られている方々にご迷惑をおかけするのも、私の本意ではありません」

私だって、母国の神々の領域に面倒ごとを持ち込みたくない。

そんな様子を見ていたコバルトは、紅茶をスプーンで掻き回しながら問う。

「で、あの子猫はどういうわけだ？　俺は気になって夜も眠れないかもしれない。洗いざらい、話して貰うからな」

かもしれない。ということは、子猫の謎をすっかり忘れて爆睡する確率もあるということか。

「くっ、オムライスで尋問をしようとは、なんて卑怯なんだ……！」

風音は悔しげに呻く。尋問というよりも、かなり待遇がいいのではないかと思うのは私だけだろうか。

渋ってはいたものの、風音はオムライスを貪りつつ、事情を話してくれた。

あの猫を拾ったのは数日前のことだった。

風音がパトロールをしていると、路地裏の隅でボロ雑巾のようになった子猫がいた。捨てられたのか虐められたのかは分からないが、すっかり汚れていて、怪我もしていた。最初は死んでいるのかと思って、埋葬してやろうと抱きかかえたらしいのだが、子猫にはまだ息があった。

しかし、一般兵の風音に癒しの奇跡は使えない。そこで、アザリアに相談したところ、大きな傷はさっと治してくれた。

しかし、そこまでだった。

「何故、全て治して下さらないのですか？」

「奇跡の力は多用するものではありません。後は自然に任せた方が良いというものもあります」

アザリアは、子猫の折れた前脚に添え木をつけてやり、他の箇所は泥などを丁寧に洗い、消毒をしてやるだけにとどめた。

「でも、こいつ、こんな状態じゃあ、食べ物だって獲れませんよ。まだふにゃふにゃだし、そのうえ、怪我なんてしてるし……」

「では、こうしましょう」

アザリアはにっこりと微笑む。

「はい？」

「風音が、その猫を飼うのです」

「ああ、なるほ……ええーっ⁉」

目を剝く風音に、アザリアは畳みかけるようにこう言った。

「怪我が治るまでか、その子が成長するまでかを決めて、その猫の面倒を見なさい。まだ頼りない命に触れることで、あなたも命の大切さを学べるでしょう」

「い、命の大切さって……。善良なる魂は、審判の日に復活するんじゃないんですか⁉」

「主を信仰している人の子は審判の日のことを約束されていますが、そうでない善良なる魂もあるのです。風音はそういう魂に触れる機会が必要だと、私は思いますね」

「ううう……」

アザリアは笑顔だった。ルネサンスの絵画のように慈悲深い穏やかな笑みで武装した上司に抗議する勇気は、風音には無かった。

結局、風音は子猫の面倒を見ることになったのである。

しかし、彼のプライドもあってか、所属しているトーキョー支部で大っぴらに飼うわけにもいかず、発見した場所の近くでこっそりと飼っていたということだった。

それが、神保町だったのだ。

「成程……。そこに、僕らが来たということか」

私がそう相槌を打つと、風音は如何にも迷惑そうに頷いた。

「子猫の周りには、侵入者撃退用の罠式結界を張っておいたんだ。それなのに、お前達と来たら……！」

風音はわなわなと震える。

「あの結界は、なかなかユニークなものでしたな。あれも風音君の案ですか？」

「違う！　結界を張るのは僕のアイディアだが、あれは同僚が貸してくれたんだ！」

鞄の中から、風音は小さな箱を取り出す。そこには、〝青ひげ危機一髪〟と書かれていた。

「ボードゲームだね……」

そう、見た目はボードゲームのパッケージだ。中にマップ用のタイルや駒となるフィギュアが入っていてもおかしくない。

「そう、ボードゲーム好きの同僚なんだ……。よく、〝ゲームマーケット〟とやらに行くらしい……」

「ああ。あの、ビッグサイトでやってるイベントか……」

国内最大規模のアナログゲームのイベントである。私は行ったことが無いが、ネットで話題になっているのは何回か見かけた。

「ふむ。これを基に結界を展開すると、あんなユニークな代物になるということか」

コバルトはしげしげとボードゲームのパッケージを眺める。彼の庭園も充分ユニークだったが、更におかしなことにするつもりなんだろうか。

「まあ、とにかく、今回の一件で、これも安全でないことが分かった。何せ、力の消費量が激しい。特に、お前達みたいな常識外れの連中が侵入して来た時はな」

風音は、亜門にしかめっ面を寄越(よこ)す。亜門は、恥じ入るように目を伏せた。

「申し訳御座いません。今度は、拳でなくステッキで殴ります……」

「そういう問題じゃないし！　というか、魔法を使え！　魔神なんだろ⁉」

それに、一応は魔法使いを自称している身だ。魔法使いの杖は、魔法を使うためであって、殴るためではない。

しかし、ふと、風音が口を噤(つぐ)む。そして、周囲を気にするようにして、声を潜めた。

「……もしかして、元素を使うほどの大規模な魔法は、使えないのか？　力を失っていると聞いたが……」

私とコバルトは、ハッとして亜門を窺う。しかし、亜門は重々しく首を横に振った。

「いいえ……。その、元素に働きかけるより、殴った方が早くてですな。狙いも正確ですし、安全ではありませんか……」

珍しくしどろもどろな物言いの亜門に、コバルトは「なるほど」と深く頷いた。

「アモンに最も親(ちか)しい元素は火だからな。本の街には優しくないということか」

「左様。神保町は火気厳禁です。あっという間に燃え広がりますからな」

亜門は深く頷く。風音は、「そ、そうか……」としか言えなかった。

「——して、風音君。君はこれから、どうするのですか?」

亜門が問う。勿論、風音だけではなく、子猫のことを言っているのだろう。風音はスプーンを止めて、散々逡巡した末に、こう言った。

「外で飼うのが難しいならば、中で飼うしかない。トーキョー支部に持って行くさ。ラファエル様の許可があれば、支部長だって文句は言えないだろうしな」

「それが良いでしょう。この季節、朝晩はかなり冷え込みますからな」

そう頷いた亜門は、何処となく嬉しそうで、子を見守る父親のような顔をしていたのであった。

結局、ランチョンの会計は風音が持つことになった。彼は自ら「奢ってやる」と言い、領収書を貰って帰って行った。

領収書が必要ということは、経費で落とすつもりなのだろうか。勘定項目は〝接待費〟になるのだろう。誰を接待したのか尋ねられたら、面倒くさいことになりそうだが。

私は、亜門とコバルトと共に〝止まり木〟へ向かう。

「いやはや。〝あってあるもの〟の兵士は兎も角、楽しい一日だった。ツカサ、礼を言うぞ」

「えっ、僕に？」

「君が付き合ってくれたから楽しかったんだ。独りではあそこまで楽しめなかった。誇りに思いたまえ」

「そ、それじゃあ、遠慮なく誇らしく思うことにします……」

曖昧（あいまい）に笑う私と、「もっと嬉しそうにしたまえ！」とダメ出しをするコバルトを、亜門は微笑ましげに眺めていた。

その微笑に、少しだけ心がうずく。

風音の件で、隠していた小部屋の向こうにいたのは、子猫だった。しかし、亜門の小部屋には、何が隠されているのだろう。

鍵は私が握っている。それで開くかは分からないけれど、亜門に尋ねることで、鍵を差し込むことは出来る。

亜門の本心は計り知れない。それに、いっそのこと、私が何も気にしないふりをしていれば、幸せが続くかもしれない。

だが、そうしているばかりでは何も進まない。何も動かない。

いずれ、来るべき時が来た時、私は小部屋の鍵を差し込もう。そこで何が待っていようと、最良の結果に導けばいいだけだ。

そんな決意を胸にしながら、亜門達の姿を眺めていたのであった。

幕間　猫とチョコレートと珈琲

ボードゲームをやりたい。

嵐のように突然現れたコバルトの、唐突な要望により、私はボードゲームを求めて新刊書店の中を彷徨う。

正確に言えば、ボードゲームを手に入れるために神保町を彷徨おうと、〝止まり木〟を出て来たばかりだった。

「あ、名取」

本を抱えた三谷に呼び止められる。相変わらずの猫背で、その目に生気は感じられない。それなのに、分厚くて大きな本を、何冊も積み重ねて軽々と持ち運んでいた。

「どうしたんだよ。顔が青いぞ」

勤務中の三谷は、通行の邪魔にならないように通路の端に寄りつつ、私に問う。

「いやぁ、コバルトさんがボードゲームをやりたいなんて言い出して」

「やればいいじゃないか」

三谷の返事はあっさりとしていた。

「簡単に言うなってば。亜門のところに、ボードゲームなんてあるわけないだろ！」

「でも、ここは神保町だぜ？」

「まあ、この店の近くにも、ボードゲームを売っている店があるけどさ……」

しかし、かなりの本格派だった気がする。私のような初心者が、お使いで買って行くようなものではない気がした。

「こう、初心者にも易しいゲームがあるところがいいんだけど」

「じゃあ、靖国通り沿いにあるもう一つの大きな新刊書店に行ったら？　あの、サブカルに強いところ」

「三谷がよく行ってるところか？」

「た、偶にだよ。偶に」

周囲を気にするようにして、三谷は声を潜める。幸い、他の従業員は近くに居なかった。

「俺、もうすぐ上がりだからさ。ゲームを選ぶの手伝うよ。多少だったら分かるし」

「ありがとう、助かるよ！」

私は、三谷に頭を下げる。

「お前が、六階から一階までくまなく本を探して、欲しい本を手にしてレジに行って会計をするまでには、俺も着替えて一階に行けるようにするからさ。神保町入口で待ち合わせな」

「……そうやって、今から外に出るのに荷物を増やそうとするなよ」

私の肩をポンと叩く三谷に対して、ガックリと項垂れたのであった。

神保町入口には警備室があり、客の他に従業員も出入りしていた。私も、よくこちらを使わせて貰っている。客足が絶えない正面入口とは、また違った慌ただしさがあった。

各フロアをぶらついて集合場所へやって来ると、丁度、三谷もエレベーターから出てくるところだった。エプロンを外して私服になり、小さな鞄を肩にかけて現れた。

「あれ、手ぶらじゃん」

「そりゃあ、これから荷物が増えるのに、買い物なんてしないって」

それでも、幾つか気になる本があったので、帰宅する時に買って行こうと考えていた。それまでに無くならなければいいのだが。

「うちの売り上げに繋がるなら、荷物持ちぐらいするのに」

「お前、本当に職場に対して献身的というか、忠誠心が溢れてるよな。感心するよ」

皮肉ではなく、本心である。

しかし、当の三谷は照れるでもなく謙遜するでもなく、あっけらかんとした顔でこう言った。

「いや、俺が操立してるのは本だし。でも、本を置くには書店が必要だから、書店の売り上げに必死に貢献してるわけ」

「ああ、なるほど……」

納得してしまった。

私は、三谷と共にサブカルに強い方の新刊書店へと向かう。

「でもさ。本だったら、ネット通販でも買えるじゃないか。そこのところはどうなんだ？

僕は、書店っていう空間自体が好きだから、書店派だけどさ」

「んー。俺も書店の雰囲気が好きだからな。それに、ネット通販だと立ち読み出来ないものが多いし。やっぱり、本は自分の好みに合ったやつを買いたいしさ」

「ああ、納得の出来る買い物をしたいってことか」

三谷は、「そういうこと」と言った。

「それに、店や担当者ごとに棚のレイアウトが違うのも楽しいしな。自分好みの書店を見つけられた時のあの感じは、実にいいものだ」

うんうん、と三谷は何度も頷く。

亜門の、彼の趣味に満ちたあの店もまた、個性溢れる書店の一つなのだろう。そう思うと、三谷の言っていることには全面的に賛同出来た。

「あと、リアル書店とネットは、必ずしも競合するわけじゃないんだ。ネットは、さっき言ったように立ち読みに制限があるし、手触りも重さも匂いも分からない。店の個性を楽しみつつ、納得のいく一品を探すならば、断然、リアル書店さ」

　だが、と三谷は続ける。

「ネット通販は便利だ。リアル書店が無い地域の住民や、思うように身体(からだ)が動かなくなってしまった老人や、家で養生していなきゃいけない病人も、平等に買い物が出来る。誰でも、本を手に入れられるってことだ。まあ、両方を上手(うま)く使い分ければいいと、俺は思うよ」

　そう締めくくった三谷は、ぴたりと足を止めた。

「さて。話しているうちに着いたぞ」

　私達のすぐそばには、高いビルが聳(そび)えていた。こちらもビルのてっぺんに、大きな看板を掲げている。

　店内に入ると、〝止まり木〟が軒を借りている新刊書店とは雰囲気が違っていた。

　鮮やかな色合いをした、漫画的なイラストを用いた大判の小説が目に入る。本のラインナップも、確かにサブカル寄りだ。

「で、どういうボードゲームが欲しいんだ？」

　階段を上りながら、三谷が問う。

　私は階段前に置かれたガシャポンを眺めつつ、こう答えた。

「えっと、初心者に易しくて、可愛(かわい)いやつ……」

「かわいい……？」

三谷は怪訝な顔をする。それどころか、正気を疑うような目でこちらを見ていた。

「い、いや、僕が欲しいわけじゃないんだって！　さっきも言ったように、コバルトさんの要望だから！」

「コバルトさんって、ブックフェスティバルの時に会ったバアルさんだよな」

魔神名で覚えている辺りが、三谷らしい。

「確かに、ファッションセンスが突き抜けてたっていうか……。ああいう感じのボードゲームがいいんだな？」

「そう。ああいう感じのがいいんだ」

あれば、の話だが。

三谷が足を止めたフロアには、特撮やらホビーやらアメコミやらといった書籍が中心に置いてあった。限られたスペースに、本棚がギュッと凝縮されている。むせ返るほどの濃厚な雰囲気に気圧され、一瞬、後退しそうになってしまった。

しかし、三谷は慣れた足取りで、さっさと先に行ってしまった。私も慌てて、後を追う。

「えっと、こういうのは駄目なんだよな？」

迷うことなくボードゲームのコーナーに着いた三谷は、ずらりと並ぶパッケージの中から、重々しい色合いのものを取り出した。

「うっ」と思わず呻く。

パッケージには、蝙蝠のような翼を持った巨大な生き物が描かれている。いや、それは生き物なんだろうか。その口らしきところからは、無数の触手が生えていた。

「だ、ダメです！」

その禍々しい存在を前に、私は断固として拒絶の意思を示した。

「ちぇっ、クトゥルフは面白いのに」と、三谷はパッケージを戻す。

「可愛くないやつだと、コバルトさんが何をしでかすか分からないからさ……」

気に入らないというのを理由に、パッケージに過剰なデコレーションをし始めそうだ。

最近はマスキングテープを集めているらしく、亜門への手紙はよくマスキングテープで彩られている。

この触手だらけの異形のものが、レース模様のマスキングテープだらけになる様は、想像してあまり楽しいものではない。

「それじゃあ、これなんてどうだ。ルールも単純だし、個性的なメンバーが集まれば集まっただけ、楽しめると思うぜ」

三谷がそう言って取り出したのは、黒猫が描かれたパッケージのゲームだった。

〝止まり木〟のテーブルが、いつの間にかくっつけられていた。広々と使える四人席を残して、他のテーブルや積み上がっている本は、店の端に除けられている。

「〝キャット&チョコレート〟？」

店で待っていたコバルトが、私の買って来たボードゲームのタイトルを読み上げる。

可愛らしい黒猫が描いてあるし、何より、名前の女子力が高い。コバルトの好みからそこまで外れていないはずだ。

気になることと言えば、何故か、黒猫の背後に半開きになった扉が描かれており、そこから不吉な靄が立ち込めていることだが。

コバルトを待たせてはいけないと思い、三谷の説明を碌に聞かずに買って来てしまったが、大丈夫だろうか。

「ええ。これならば簡単だし、楽しく遊べそうだって、三谷が……」

私は、ついて来てくれた三谷に視線を移す。

三谷はコバルトに軽く会釈をすると、パッケージの蓋を開けて、解説を始めた。

「平たく言うと、『アクシデントに対して、自分が今持っているものでどう回避するかを判断する』っていうゲームなんですよ。それに対して、他のメンバーが、回避出来そうか出来ないかをジャッジするんです。で、多数決の結果、回避出来ると判断された場合は、ポイントになるってわけです」

そして、最初に分かれた二陣営で、ポイントの総和を競うということだった。

「ほほう。それは面白そうですな」

カウンターの向こうで人数分の珈琲を淹れようとしていた亜門は、こちらに声を投げる。

「そう、面白いんですよ。奇抜な発想をするひとがいると、尚更」

「奇抜……」

三谷の言葉に、私と亜門はコバルトに視線を送る。見られている当のコバルトは、きょとんとしていた。しばらくして、我々の視線の意図に気付いたのか、「個性的と言いたまえ！」と遺憾の意を表わす。

「これは幽霊屋敷編なんですけどね。数々の困難に対して、猫とチョコでどうやって対処するかっていうことで、〝キャット&チョコレート〟ってわけです」

三谷はそう言って、カードを切り始める。実に手慣れたものだった。

「っていうか、幽霊屋敷……」

「なんだよ、名取。これを選んだのはお前だろ？　他にも、ビジネス編とかもあったのに」

「そうだったのか……」

猫が可愛いからという理由で選んでしまったが、私はホラーが苦手なのである。

（だけど、これはカードゲームだしな）

実際に、幽霊屋敷に行くわけではない。自分にそう言い聞かせて、気持ちを落ち着かせた。

「亜門さんのカードも、配って良いですか？」

「勿論ですぞ」

戸棚の中を見つめていた亜門は、珍しく悩んでいるようだったが、三谷の声を聞いてこちらの卓にやって来る。

「珈琲は少々お待ちください。初手の方だけ参加しても？」

「勿論ですよ。じゃあ、最初は俺が見本でやるんで、その次に亜門さんにしますか。あとはまあ、歳の順ってことで」

私とコバルトでは、コバルトの方が遥かに年上だろう。私は最後ということになってしまった。

三谷は伏せた状態で陣営カードを配る。二つの陣営のどちらであったかは、最後に公開するらしい。ゲーム中、公平なジャッジを下すためだった。また、提示された回避方法が良いか悪いかを判断するための、セーフカードとアウトカードというものも、一枚ずつ配られる。

「んで、これが初期アイテムカード。これは、消耗品扱いですね。回避に使ったら、それはそこでお終い。その使った分だけ、カードを山札から補充するんです」

「ふぅん。可愛いカードが来るかは、運次第ということか……」

コバルトは難しそうな顔をしている。可愛いカードが来なかったのだろうか。

一方、席に着いた亜門は、カードを見ると意味深に微笑んだ。

「フフ、これは面白そうですな。果たして、どのようなアクシデントがやって来るやら」

「使えそうなカードがあったんですか？　僕はどうも……」と私は呻く。

「残念ながら、それは秘密ですぞ」

「ですよねー……」

私のカードは、〝口紅〟と〝傘〟と〝ジーンズ〟である。一体、これがどうやって役に立つというのか。変装でもしろということなんだろうか。

「よし、全員カードが行き渡りましたね。それじゃあ、見本も兼ねて、俺からやらせて貰います」

三谷は、卓の中心に山札となって置いてあるアクシデントカードを、一枚引いた。

出たのは、ボイラー室でボイラーが火を吹き、辺りが炎に包まれるというアクシデントだった。

「いきなり、おっかないのが出たな……」と私はぼやく。

「このゲーム、ほとんどがこんなもんだぜ。名取の時は、ゾンビが出たりしてな」

「や、やめてくれよ。そういうの、苦手なんだから」

「ほらほら、情けない声を出さない。――こうやってアクシデントの内容を確認するのも大事だけど、手札の道具カードを何枚使うかというのもここに書いてありましてね」

山札にある次のカードの裏──即ち、今は表面になっている方には、〝1〟という数字が書かれていた。これは、手札の道具を一つだけ使うのだと、三谷は教えてくれた。

「で、俺は〝チェーンソー〟でボイラー室の扉をこじ開け、火に包まれた部屋から脱出します」

三谷は華麗に〝チェーンソー〟カードを場に出した。

「それで、他のメンバーは俺の方法で回避出来るかどうかを、ジャッジするというわけです。さて、どうっすかね」

三谷の問いに答えるべく、私達はカードを出す。私を含め、三人が出したのはセーフカードだった。

「妥当な判断ですな」

「確かに、それなら回避出来ますもんね」

「もうひとひねり欲しかったが、まあ、ミタニに免じてセーフにしておこう」

尊大なコバルトに、「コバルトさん、奇抜な発想を競うゲームじゃないですってば」と私は苦笑する。しかし、コバルトは口を尖らせて言った。

「常識的な回答じゃあつまらないだろう。ここは、柔軟な発想が必要だと、俺は思うね」

「ま、そうですね」と三谷。

「俺は偶々、手札にチェーンソーがあったから使いましたけど、どうにもならなそうな道具ばかりの時もありますし。珍回答を期待するならば、そこを狙(ねら)いましょう」

三谷はさらりと珍回答と言ってしまう。

「それでは、私の番ですな」

亜門は山札に手を伸ばす。

「ふむ、衣裳部屋ですか。ネクタイやスカーフが絡みつき、首を絞めて来るそうですが……」

アクシデントカードを読み上げつつ、亜門は手札を弄(いじ)る。使用出来るカードは一枚だった。

「では、私は〝バール〟を使いましょう。バールを身代わりにして、彼らの襲撃を避けるのは如何(いかが)ですかな?」

私達三者は顔を見合わせると、ジャッジをするためのカードを場に出す。

「僕は、それでいけると思います」と私。

「アモンの身軽さならば、不可能ではないね」とコバルト。

「でも、この状況だと、既に首を絞められてるんじゃないですか?」と三谷。

セーフがふたりでアウトが一人。この場合は、多数決で回避成功となり、アクシデントカードは亜門のものとなる。

「成程……。三谷君の言う通りですな。私としたことが、読解力が足りませんでした」

亜門は難しい顔をしながら、アクシデントカードを受け取る。

「いやいや。俺のはどっちかというと難癖レベルなんで、気にしないで下さいよ」と三谷は苦笑する。

「それにしても、これはなかなか面白いな！　ミタニ、もうめくって良いんだろう⁉」

「あ、はい」と三谷が答える間もなく、コバルトは場にあったアクシデントカードをめくってしまう。

「ふむ。子供部屋か。巨大な子供が、俺を人形にして遊ぼうと手を伸ばす――か」

「なんて命知らずな子供なんだ……」

私は慄く。ゲームの中とは言え、よりによって、コバルトに手を出そうとするとは。

「使うカードは三枚みたいですね。その手札を全部使って、この危機を回避してみて下さいよ」と三谷が促す。

「危機ねぇ」

コバルトは「ふぅん」とアクシデントカードと手札を見比べる。ややあって、閃いたように表情を輝かせた。

「よし、こうしよう！」

彼が場に出したのは、〝バナナ〟、〝鍋の蓋〟、〝スプレー〟だった。

これで一体、どうやって危機を回避せよというのか。チェーンソーやバールならば、子供部屋から脱出したり、巨大な子供と戦ったりすることも出来ただろうに。

　しかし、コバルトは得意げに胸を張りながらこう言った。

「バナナを動物型にカットしたものを、皿の代わりの鍋の蓋に盛りつけ、スプレーで仕上げをする！」

「えっ？　それで、どうやってアクシデントを回避するんですか……？」

　私の質問に、「察しが悪いな、ツカサは」とコバルトは言った。

「子供が喜ぶだろう！　そうすれば、アクシデントなんて起こらない！　パーティーの始まりだ！」

　コバルトは、実に愉快そうに両手を広げる。

　私達は頷き合うと、判定のカードを一斉に出した。

「その発想は無かった……。流石っすね」と三谷。

「まさか、巨大な子供を手懐けようとするなんて……」と私。

「しかし、コバルト殿。スプレーで色付けをしたバナナでは、子供がお腹を壊してしまいますぞ」

　亜門はアウトのカードを差し出しながら、ぴしゃりと言い放った。

「えっ、ツッコミをすべきところはそっちなんですか⁉」

　私と三谷は目を剝く。

一方、コバルトは不満げに唇を尖らせた。

「細かいことはいいじゃないか！　どうせ大きな子供だ！　スプレーくらいどうってことないだろう！」

それに、多数決ではコバルトの回避は成功という判定になる。アクシデントカードは、コバルトの手に渡った。

そんな様子を見て、亜門はふっと微笑む。

「まあ、それでも、コバルト殿のバナナパーティーは楽しそうではありますが」

「そうだろう？　今度、ここで開催しようか！　ゲストをたくさん招待して！」

「……うちは狭いので」

亜門はやんわりと断った。コバルトのことだし、スプレーで店内をデコレーションするかもしれない。後片付けが大変そうなので、私もそれは御免被りたかった。

「さてと……。最後は僕か」

私は、アクシデントカードを引こうとする。すると、その時。

「失礼。丁度良いところなのですが、珈琲を淹れて来ても構いませんか？」

亜門が恐縮しながら立ち上がる。

「珍しいじゃないか、アモン。君がゲームの途中で席を外すなんて」

「ゲームが進めば進むほど、席から離れ難くなりますからな。アイディアが降りて来たところで、すぐに実行しようと思ったのです」

亜門はそのまま、カウンターの向こうへと歩いて行く。

「アイディア？」とコバルトは首を傾げた。私と三谷も、顔を見合わせて疑問符を浮かべる。

そんな私達の前で、亜門は珈琲の準備を始めた。

そして、戸棚を開けて何かを取り出す。遠目で見る限りでは、普段、亜門が珈琲を淹れるのに使わないものだということぐらいしか分からない。

「亜門、それは何ですか？」

「チョコレートです」

「お菓子があるのか！　黙っているなんて水臭いぞ。さあ、俺にそいつを捧げたまえ！」

コバルトは立ち上がり、ずかずかとカウンターの方へと向かう。亜門は「やれやれ」とチョコレートのパッケージを開け、ひとかけらだけコバルトに渡す。

「どうぞ」

「むむ。アモンにしては少ないな」

「それ以上欲しいのでしたら、一口召し上がってからお申し付けください」

亜門は戸棚からボウルを出しながら、そう言った。

「ふぅん。妙に渋るな……」

コバルトは不審そうな表情をするものの、お菓子の誘惑には勝てなかったようだ。結局、チョコレートを口にしてしまう。

次の瞬間、彼は「うぐっ！」という呻き声をあげた。

「コバルトさん⁉」

「な、何だ、これは……！　甘くない上に、ボソボソするぞ……⁉」

「そういうものなのです」と亜門は言った。

「そういうもの……だと……？」

「何せ、カカオの含有率が九十九パーセントですからな」

九十九パーセント。それはもう、ほぼカカオである。

「ああ。九十九パーセントカカオのチョコレート、すっごくビターですよね。俺は結構、好きですけど」

三谷はしれっとした顔でそう言った。

「三谷君とは味覚が合いそうですな。私も、このチョコレートは好物なのです」

亜門もまた、澄まし顔で頷く。

一方、コバルトは涙目だ。それでも、チョコレートをちゃんと食べようと、頑張って咀（そ）嚼（しゃく）している。

「……僕は、甘い方が良いです」

「ツカサの言う通りだ！」

小さな呟きも、コバルトに耳聡く拾われてしまった。

「チョコレートは甘くなければダメだ！　あのクリーミーな風味こそが、俺の愛するチョコレートだというのに！」

「実は、生クリームはありましてな」

「別々じゃあ、意味がないじゃないか！」

コバルトは嘆く。すると、亜門は「そうなのです」と頷いた。

「客人が三名という状況で、棚に眠っている実にビターなチョコレートと冷凍庫に買い置きをしていた生クリーム、そして珈琲でどうもてなそうか、ずっと考えておりましてな」

正に、キャット&チョコレート。

亜門は、〝九十九パーセントカカオのチョコレート〟と、〝生クリーム〟、〝珈琲〟という三枚の手札と、我々が来るというアクシデントカードと睨み合いをしていたのだ。

「ほう。それじゃあ、どうすべきか回答が出来たみたいだな」

コバルトはにやりと笑う。ただし、涙目で。

亜門は静かに首を縦に振った。

「それでは、しばらくお待ちください。この亜門、三枚の手札を使って、皆さまに満足して頂けるよう、お持て成し致しますぞ」

亜門はそう言うと、チョコレートをボウルに入れ、湯煎で溶かし始めたのであった。

しばらくして、珈琲の濃厚な香りが〝止まり木〟を満たす。

亜門はカウンターの向こうから、四名分のカップに珈琲を注ぎ、こちらに運んで来てくれた。カップはいつもと違い、透明なものだった。クリアなカップには、二段の層が出来ている。

「おお！　随分と洒落た珈琲じゃないか！」

真っ先に目を輝かせたのは、コバルトだった。

カップの中から、溢れんばかりの生クリームが顔を出していた。まるで入道雲のようなそれの上に、鳥の巣を作るかのように、細かいチョコレートが盛られている。その下には、少しだけ滑らかな色の珈琲がたゆたっていた。

「ホット・モカ・ジャバですな。珈琲とチョコレートを混ぜ、生クリームでデコレーションをしてみました。これなら、コバルト殿にも満足して頂けることでしょう」

亜門は席に着くと、「どうぞ」と私達に勧めてくれる。コバルトは熱い珈琲を少しずつ冷ましながら、恐る恐る口にした。

「……美味い」

ぱっと、彼の色白な肌に朱が灯る。瞳をキラキラとさせながら、彼は二口、三口と飲んだ。

「多少、ほろ苦さは残るものの、生クリームの甘さと混じって程よい具合になっているな。あれだけ苦かったチョコレートの風味も、まろやかになっているぞ……！」

「よろしかったら、グラニュー糖をお入れ下さい。コバルト殿であれば、もう少し甘い方がお好みでしょうからな」

亜門は、グラニュー糖が入った砂糖入れも卓に用意してくれた。私も三谷も、一口含むと、ほっと一息吐いた。

「はは……。これだけ美味しい珈琲を淹れられたら、セーフカードを出すしかないですね」

「何なら、アクシデントカードを全部持って行っていいくらいですって」

「いやはや、恐縮ですな」

亜門は恭しく頭を下げる。コバルトも満足そうだし、私達が来たというアクシデントカードは、亜門のものだろう。

余談だが、再開したゲームで、『小屋にて壁にかかっていた猟銃が唐突に暴発し、弾丸が向かってくる』という旨のアクシデントが回って来た私は、〝傘〟を使って弾丸を防ごうと思ったのだが、「貫通する」という満場一致のアウトを頂いてしまったのであった。

第三話　司、亜門の真意を知る

東京に雪が降った。

何十年かぶりの大雪で、あちらこちらの交通網はすっかり麻痺していた。それが故に、SNS上では、東京の学校に通う学生達が休講だと喜んでいた。会社が休みになるところもあったのだという。

「いやはや、先日は災難でしたな」

その数日後、〝止まり木〟の指定席である革のソファに座ったまま、亜門はぼやいた。

「ええ。まさか、あんなに雪が降るなんて。地下鉄ならば雪が降っても大丈夫かと思ったんですけど、あれって地下だけを走ってるわけじゃなかったんですよね……」

すっかり失念していたが、東京メトロも都営地下鉄も、地上を走る線路が僅かにある。そこが雪で埋もれてしまえば、たちまち運休や遅延となってしまうのであった。

「あの日、無理に出勤することは無かったのですが」

亜門は苦笑をしながら、コーヒーカップに口をつける。淹れたての珈琲からは、ぬくもりに満ちた湯気が立ち上っていた。

私もまた、亜門の近くの席に腰を下ろす。

「そうは言っても、亜門を心配させるわけには行かなくって」

「お気遣い有り難う御座います。私も、あなたのように携帯端末を持った方がいいのかもしれませんな」

「うーん……。でも、それはそれで、あなたの雰囲気を損ねちゃいそうですし」

携帯端末を使う亜門はあまり想像出来ないし、あまり想像したくない。

「せめて、固定電話があるといいのかもしれませんね。あの、壁につけるやつ」

黒電話の前の世代の、レトロな電話機を思い出す。あれならば、賢者の隠れ家のようなこの店にも合うはずだ。

「そうですな。検討しておきましょう」

亜門は鷹揚に頷く。電話さえあれば、不測の事態に対応出来る。電車が止まったり、天使に追いかけられたり——は、もう勘弁したい。とにかく、わざわざこの店に来なくても、亜門と話が出来るのだ。そう、どんな時でも。

「あれ、待てよ……」

「どうしたのですかな？」

亜門は首を傾げる。

私は、この三度の飯よりも本が好きな友人のことを、改めて思い出す。もし、彼が読書に没頭している時に、電話を鳴らしたらどうなるだろうか。

書庫にいるならば、いっそのこと、聞こえないので構わない。

しかし、店に独りでいる時に、読書に集中していたら？

私がその場にいれば空気を読めるが、その場にいなければ、亜門が何をしているのかが分からない。

「司君。あの旧式の電話は何処で売っているのでしょうな。明日にでも、何軒かの骨董屋を回ってみようと思うのですが、一緒にどうですか？」

「い、いいえ、それは、ちょっと！」

私が首を横に振ると、亜門はあからさまに落胆した顔になる。

「そうですか……」

「あ、いいえ、そうじゃなくて、電話は要らないと思います！」

「何故ですか？」

「えっと、ほら、設置しても電話線が引けないですし」

私は慌てて理由を取り繕う。それには亜門も、納得したように頷いた。

「確かに、ここは現世とは多少事情が違いますからな。しかし、この亜門、縁を紡ぐのと同じように、電話回線も紡いでみせましょう」

「いいえ、それは、結構です！」

「……何故です？」

亜門は明らかに哀しそうな顔をしている。

そうじゃないんです。あなたをガッカリさせたいわけじゃないんです。と全身全霊で否定したい。

「その……、えっと、で、電話で連絡が出来ちゃうと、多少無理をしてでもあなたの顔を見に来る口実が無くなりそうですし……」

「左様ですか。それは、仕方がありませんな」

しどろもどろな私に、亜門は紳士然とした微笑みをくれた。

「お気持ちは嬉しいのですが、あまり無理をしてはいけませんぞ。私にとって一番大事なのは、あなたが無事であることですからな」

機嫌を直した亜門を前に、内心で胸を撫で下ろす。何とか、誤魔化せたようだ。

（まさか、読書の邪魔をしたら恐ろしいから……なんていう理由で電話の設置を拒んだなんて、亜門には言えないよな……）

それから、彼の淹れた珈琲を飲みながら、何ということもない会話を弾ませる。時刻は既に夕刻で、その日は退勤する時間になっていた。

私は珈琲を飲み干すと、自分のカップを片付けに行く。

「名残惜しいんですけど、今日はこれで。お疲れ様です」

「今日も有り難う御座います。また、明日も宜しくお願いしますぞ」

亜門はソファから立ち上がり、私を出口まで見送ってくれる。私は会釈をし、亜門が押さえてくれている扉の向こうへと踏み出した。

その時である。

「司君」

「はい?」

「私は、読書中に電話が鳴ったからと言って、怒り出したりはしませんぞ」

その一言に、息が止まった。振り向くと、悪戯(いたずら)っぽい微笑を湛(たた)えたままの亜門が、扉を閉めようとしている。

「あ、あ、亜門……!」

「それでは、また明日お会いしましょう」

亜門は片目をつぶると、そっと扉を閉ざしたのであった。

参った。

亜門にはすっかりお見通しだったということか。

私は頭を抱えながら、新刊書店を後にする。

空はすっかり暗くなり、街灯が辺りを照らしている。空気は、刺すように冷たかった。

路上には雪の塊が積み上げられており、それが一層、寒々しく感じられた。

「雪、まだ残ってるんだな……」

それでも、だいぶ溶けた方だ。

雪が降った翌朝は、雪かきをしそびれた路面が、ことごとく凍結していた。私の家の近くも、日陰はアイスバーンがひどかった。

都心の人間は、雪に慣れていない。ゆえに、雪を溶かすために熱湯を使う人もいた。しかし、これが最悪で、中途半端に残った水分が凍結し、路面がスケートリンクと化してしまうのだ。私はこれで、二、三度転びそうになった。

「……今日は、ちょっと遠回りして帰ろう」

神保町から御茶ノ水にかけて、歩くことにする。

雪かきで積み上がった雪が残っているものの、それが溶け切るのも時間の問題だろう。その前に、雪の名残をこの胸の中に収めたかった。

(何だかんだ言って、雪が降るとワクワクするんだよな……)

迷惑な代物だということは分かっていても、真っ白に塗(ぬ)り潰(つぶ)された風景は美しいと思うし、新雪を踏む感触は心地良かった。もう、風景はほとんど元通りだし、新雪なんて残っていないが、その痕跡(こんせき)を少しでも感じたかった。

明大通りの坂を、学生とすれ違いながら登る。日陰が多いので、雪も随分と残っていた。誰かが雪だるまを作ったであろう跡もある。今や、頭と胴がすっかり一体化してしまっているが。

（雪が降った直後に、この辺りに来ればよかったな）

雪を被ったニコライ堂や山の上ホテルは、どうなっていたのだろうか。そして、御茶ノ水駅と神田川は。

建ち並ぶ楽器店の前を横切り、坂を上り切る。

そう言えば、神保町界隈は古書店だけではなく、楽器店やスポーツ用品店も多い。

それは何故かと亜門に尋ねたことがあったが、どうやら、時代のニーズやブームに乗って商売をした結果、楽器やスポーツ用品を売る店が多くなったということらしい。流行に敏感な学生が多い街ならではと言ったところか。

しばらく行くと、そこには、御茶ノ水駅があった。駅になだれ込む人と、駅から出て来る人が交差する。

私は駅へと向かわず、秋葉原方面へそれる。そして、聖橋へと向かった。

神田川の上に架かる、アーチの美しい橋である。

橋の上からでは、その造形美を窺うことは出来ないが、その代わり、低い位置にある御茶ノ水駅と、その下の神田川の共演を眺めることが出来るのだ。緑も豊かで見事な谷になっているが、これは人工的に作られた流路なのだという。

雪の名残も、あちらこちらに見受けられる。その殆どは、やはり、溶けて形を失っていた。この雪は、神田川の流れへと身を投じるのだろうか。

周囲に高い建物が無い所為で、橋の上は広々とした空が拡がり、開放感があった。目を凝らせば、星だって見える。

そんな広大な空の下、駅と神田川、そして、雪の名残が写るように、携帯端末のシャッターを切る。すると、その時、人影が写り込んでしまった。

「あっ、ごめんなさい」

思わず撮ってしまったその人に謝る。

振り返ったのは、生気のない顔をした若者だった。

「いえ、別に……」

「あの、大丈夫ですか？」

つい、初対面の相手にそう声をかけてしまうほどに、彼の存在は希薄だった。生命力というものが、尽きかけているようにも見える。

特筆すべきことが無い地味な青年だが、痩せこけているわけでもないし、脚もしっかりと直立している。

それなのに、彼は今にも死にそうだった。

「……大丈夫です」

青年は表情を変えずに、そう言った。

「いやいや、なんかこう……」

今にも、この聖橋から落ちてしまいそうだ。

そんなことは口が裂けても言えなかったが、正しくそんな雰囲気だった。

「何か、あったんですか？」

私が踏み込んで良いことなのかと迷いながらも、彼に尋ねる。すると、彼は聖橋の欄干に背を預け、深い溜息（ためいき）を吐（つ）いた。

「大したことではないんですけど――」

「え、ええ」

「片想（かたおも）いをしていた人に、もう会えないと言われたんです」

「えっ、それは、一大事じゃあ……」

素直な同情心が芽生える。それならば、生気が失（う）せるのは無理もなかった。

「遠くに行ってしまうとか、ですか？」

「さあ……。ただ、一方的に会えないと言われて……」

彼はうつむいてしまう。

「正確には、明日で最後ということでした。今日、彼女に想いを伝えたかったんですけど、そんな状況ではなくて……」

「そうですよね……」

縁が失われかけている。それとも、相手の中では既に切れているのか。いずれにしても、彼を〝止まり木〟に案内しなくては。

そんな使命感が、私の中で燃え上がる。

「あの、こ、珈琲なんてどうでしょう？」

「珈琲？」

彼はきょとんとした顔で首を傾げる。

「え、ええ。その、珈琲でも飲めば、少しは落ち着くかと思って。この近くに、すごく雰囲気のいいブックカフェがあるんですよ。えっと、自分の勤務先ですけど……」

亜門に心の中で謝罪する。〝止まり木〟は飽くまでも、珈琲を出してくれる古書店だ。しかし、見ず知らずの相手を古書店に誘うのもおかしいと思い、カフェということにしてしまった。

「ブックカフェですか……。昔は結構、本を読んでいたんですよね。折角だし、行ってみようかな」

「ええ、そうしましょう！　そこの店主さん、すごく良いひとなんで、お話を親身に聞いてくれると思うんです！」

そう言うなり、彼の背中をぐいぐいと押す。

目指すは神保町。本日、二回目の出勤をするために。

男性の名は、寺島（てらしま）というらしい。

世代は私と同じで、フリーターをしているのだという。クリエイティブな趣味を持っていて、将来的にはそれで生計を立てたいとのことだった。

〝止まり木〟に来店した寺島は、促されるままに席に着く。亜門にブレンドコーヒーを淹れて貰（もら）うと、じっとそこに映る自分の顔を見つめていた。

「まずは身体（からだ）を温めて下さい。ほんの少し心が落ち着いたら、事情を話してくれませんかな？」

亜門に言われるままに、寺島はブラックのままの珈琲を口にする。

じっくりと口の中で転がすように味わうと、ゆっくりと時間をかけて飲み干した。

「……美味（おい）しいですね。ほろ苦いけど、優しい味だ」

「恐縮ですな」

亜門は恭（うやうや）しく頭を下げる。

寺島はもう一口含んだかと思うと、急に、言葉を詰まらせた。双眸（そうぼう）が濡（ぬ）れ、半開きになった口から悲しげな音が漏れる。それは、嗚咽（おえつ）だった。

オロオロとする私の横で、亜門は静かにその様子を見詰めていた。その横顔は、切なげであった。

（そうだ。亜門も、恋が実らなかったひとだから……）

しかも、彼は自ら身を引いていた。思うことはあるのだろう。

三口目を飲み、寺島は何とか落ち着いた。たまった涙を拭い、「お見苦しいところを」と苦笑する。

「いいえ。泣きたい時は、存分に泣けばよいのです。全て流してから、見えてくることもありますからな」

「いや、流石に他人の前で泣くのは、ちょっと」

寺島は、照れ隠しをするように珈琲を口にした。


彼の話はこうだった。

雪の降った日の翌日、聖橋から神田川の風景を眺めていると、美しい女性に会った。自分と同じ年齢か、一つか二つか年下だろう彼女は、とても魅力的だった。

彼女は、雪子と名乗った。

淑やかでありながらも、少女のように無邪気だった。

偶に世間知らずなことを言うけれど、それも含めて、彼はすっかり彼女が気に入ってしまったのである。

雪子もまた、満更ではないようだった。よく喋り、よく笑い、いつも寺島の方を見詰めていた。「ずっと一緒に居たい」とも言ってくれたのだという。

「夢のような数日でした。会って間もないというのに、まるで幼い時から、いいや、前世からの知り合いであるかのように、僕達はとても気が合い、親しくなれたんです」

寺島は遠い目をしていたが、幸せそうだった。

しかし、彼女は何故か、日に日に、気配が希薄になっていったのだという。寺島は心配になり、病気なのかと尋ねたところ、もう会えないと言われたそうだ。

「病気であるならば、僕がどうにかしたい。と言っても、医療の知識も、お金もないんですけど……。でも、彼女が孤独な時に、そばにいることは出来る。そう思ったんです」

そこで、彼女の住まいを聞いてみた。すると、彼女は口を閉ざしてしまったそうだ。

「僕に、知られたくなかったんでしょうかね……」

寺島はうつむく。その日はそのまま、彼女は姿を消してしまったのだという。

黙って話を聞いていた亜門は、「おや？」と疑問符を浮かべる。

「彼女は、姿を消してしまった？　帰路についたのではないのですか？」

「僕がぼんやりとしている時に、さっさと家に帰ってしまったんだと思います。その、僕はショックで周りが見えてなかったので……」

寺島は、うつむいたままそう言った。

しかし、亜門は眉間に皺を寄せたまま、何やら考え込んでいる。私も、寺島の言葉には違和感を覚えていた。

「彼女と会うのは、いつも聖橋だったのですか？」

「あ、はい。夕方に行くと、決まって、彼女がいるんです」

「夕方……。黄昏時ですかな」

「黄昏時？」と寺島は首を傾げる。

「昼と夜の境界となる時間帯です」

「そうですね。辺りが暗くなり始め、街灯が点くか点かないかという時にいるんです。そして、完全に夜になると、彼女はいなくなるんです。……本当に短時間しか会えないんですけど、とても濃密な時間を過ごせるんですよね」

私と出会ったのは、丁度、彼女と別れた直後ということか。

亜門は、「ふむ」と顎を摩る。ふと、本棚の方を見やるものの、逡巡の末、伸ばしかけた手を下ろした。

「寺島君と申しましたな？」

「は、はい」

「フケー男爵の〝水の精〟はご存知ですか？」

「あ、いえ……」

寺島は恥じ入るように答えた。しかし、亜門は首を横に振る。

「いえ、それならば結構。失礼しました」

亜門が挙げるということは、本のタイトルだろう。その物語について、私も話を聞きたかったが、この話題はそれだけで終わってしまった。

亜門は充分な間を空けて、こう言った。

「雪子さんは、少々特殊な方かもしれませんな」

「特殊？　まあ、変わっている子だとは思いますけど……」

「この件、一筋縄ではいきませんが、何とかして差し上げたい。――そこで、どうですか？」

「どう、とは？」

「この魔法使いめに、少々時間を下さい。そして、明日の昼間にでも、当店にご足労願えればと思います」

珈琲を飲み干した寺島は、少しばかり生気を取り戻した様子で帰って行った。

扉が完全に閉ざされると、亜門は深い溜息を吐く。

「亜門、大丈夫ですか？　その、随分とお疲れのようですけど……」

「ええ。少々、私には辛い物語ですな。だからこそ、ハッピーエンドに導かなくては」

彼の手の中には、ハードカバーの本が携えられていた。代償として手に入れた、寺島の人生を綴ったものだろう。

頁数はそれほどないが、しっかりとした装丁の、美しい本だった。青みを帯びた白色の表紙は、雪景色を連想させる。中に使われている紙も厚く、贈り物にしても喜ばれそうである。

だが、肝心な中身はどうか。

「すいません……。恋愛関係の話は、亜門にとって辛いものだということは知っていたんですけど……」

「いいえ。司君が気にすることはありません。寧ろ、よくぞ私のもとへ連れて来て下さいました。ああいった若者の恋が、私の与り知らぬところで潰えていくのは、何とも悲しいことですからな」

亜門は慈悲深い眼差しで、寺島の本を見つめる。そして、丁寧に内容を読み始めた。

彼が目指しているものというのは、どうやら彫刻家らしい。美術の専門学校を卒業してから、その夢に向けて真っ直ぐに進んでいるのだという。

しかし、フリーターをやりながらの生活は楽ではない。稼ぎは生活費や作品の材料費などになってしまい、貯蓄はほとんど出来ていないとのことだった。

大雪が降った時は、心が躍ったそうだ。

何故ならば、雪で存分に彫刻の練習が出来るからである。早速、家の近くに積もった雪で、雪像を幾つか作ったのだという。

そして、同じことを考えている人間がいたのか、バイト先の近くにも雪像があった。

だが、心ない人間の悪戯か、首がもげてしまっていたため、新しく作り直したそうだ。

それが、聖橋の近くだった。

雪子という女性について書かれているのは、その翌日からだった。

「新雪のように白い肌に、夜の帳（とばり）のような長い黒髪、濡れたような唇か……。すごく美人なんでしょうね。でも、何だか浮世離れしているというか……」

私は寺島の本の内容から、雪子という女性を想像する。

しかし、どう描いても、あまり現実世界の人間のようにならなかった。

まるで、おとぎ話から出てきたかのような。更に言うなら、今、目の前で私と一緒に悩んでいる友人のようだと思った。

「そうだ。亜門が言っていた、〝水の精〟ってどういう話なんですか？」

「……平たく言えば、恋愛小説ですな」

亜門の表情は、何故か硬かった。

「私は、あの物語を愛しております。微笑ましく、思わず顔がほころんでしまうような話も盛り込まれております。しかし、あの物語はあまりにも悲しい……」

亜門はそう言うと、目頭を押さえてしまった。その様子に、私は慌てる。

「ご、ごめんなさい。悲恋系だったんですね？　だったら、僕は自分で読みますから！」

「いいえ」

　亜門は顔を上げると、真っ直ぐにこちらを見つめる。

「私に、朗読させて下さい。少々、お時間を頂いても構いませんかな?」

　亜門の申し出を拒否するという選択肢は、私には無かった。


　それは、ウンディーネという名の少女のような女性と、若い騎士の恋の話だった。

　ウンディーネは不思議な女性だった。美しく、無邪気でいて、その表情は良く変わり、時に悪戯は度が過ぎることもあった。

　しかし、騎士はそんな彼女を愛し、彼女もまた、騎士を愛していた。

　ふたりは結婚して結ばれるが、実は、ウンディーネには大きな秘密があった。

　彼女は、人間ではなかったのだ。そのタイトルの通り、水の精だったのである。

　騎士は、そんな彼女を受け入れ、妻として自らの領地まで連れて帰る。種族は違えど、若き夫婦は仲睦(なかむつ)まじく、全ては上手(うま)く行くはずだった。この世界にいるのが、そのふたりだけだったのならば。

　騎士には、彼を慕う女性がいた。また、ウンディーネには、彼女を守ろうとする同族の妖魔(ようま)がいた。両者の行動は、騎士とウンディーネがお互いに違う種族であり、異なる世界で生きなくてはいけないのだということを、事ある毎(ごと)に浮き彫りにしていった。

やがて、騎士の心は、ウンディーネを恐れるようになり、同じ人間である女性の方へ傾いてしまう。ふたりは引き裂かれ、悲恋の運命を辿るのであった。

亜門が朗読していた洋書が、重々しく閉じられる。すっかり本の世界に入り込んでしまっていた私は、ハッと現実に引き戻された。

「……亜門」

友人の顔を窺う。彼は、目を伏せたまま沈黙していた。感情を、ぐっと押し殺しているように見えた。

かけるべき言葉が見つからず、そっとその手の甲に触れる。すると、亜門は我に返ってこちらに視線をくれた。

「失礼。少々、感傷的になっておりました」

亜門は静かに微笑む。しかしそれは、今にも泣きそうな笑顔だった。

「……こんなに辛い話なのに、読んでくれて有り難う御座います」

彼もまた、人間に恋をした者だった。しかし、自らの気持ちを抑え込み、正体を隠したまま、愛した女性と死別してしまったのだ。

もしかしたら、この物語を知っているからこそ、彼は踏み込めなかったのかもしれない。住む世界が違い、価値観が違う両者が惹かれ合ったとしても、何かしらの理由で引き裂かれてしまうだろうから、と。

「その、亜門……」

「何ですか？」

「僕の前では、我慢しないで下さい。辛い時は辛いと言って欲しいですし、悲しいと言って欲しいんです。あなたの本音をぶつけて欲しいんです。……友人って、そういうものでしょう？」

尤も、私はそこまで出来る友人を、過去に持っていなかったが。

しかし、亜門がそう振る舞ってくれるのは構わなかったし、それどころか、そう振る舞って欲しかった。

「僕は、亜門が人間じゃないことも知ってます。そして、人間と同じように、いや、それ以上に繊細なのも。だから、泣きたい時には、泣いて下さい……」

「司君……」

亜門は私の名を呼ぶと、眉尻を下げて困ったように笑った。

「あなたの方が、泣き出してしまいそうな顔をしておりますぞ」

「えっ？」

そんな顔をしていただろうか。慌てて、表情筋を確認する。

私の様子に、亜門は可笑しそうに肩を震わせる。

「失礼しました。しかし、司君のお気遣いのお陰で、気持ちがかなり落ち着きましてな。水底に沈みそうな心が、今や温かい陽光を浴びているようです」

亜門は私の肩に手を載せる。大きくも逞しく、そして、温かい手だった。

「私のことはさて置きましょう。今は、寺島君の物語をいかにハッピーエンドにすべきかを考えなくては」

亜門は、寺島の本と〝水の精〟を並べてみせた。

「司君。雪子さんは何者だと思いますか？」

「……やっぱり、人間ではないんですかね」

「その可能性は、高いですな」

寺島の本に再び目を通しながら、亜門は唸る。

「黄昏時というのは、逢魔が時とも申します。この国ですと、最も妖魔と行き逢い易い時間ですな」

「昼と夜の境界ですしね……」

「左様。境界には、あらゆるものが潜んでいるのです」

先日も、境界から結界の作り出す異界へと迷いこんだところだ。また、〝止まり木〟だって、新刊書店の壁に位置している。壁一枚で内と外が隔てられており、そこもまた境界の一種であった。

「じゃあ、雪子さんがもう来られないと言ったのも、病気か何かが原因ではなく、自分の正体にかかわりがあるのかもしれませんね」

「司君は冴えておりますな。その通りです。住所を明かさなかったのも、その所為なのでしょう」

亜門は、「ふむ」と顎に手を当てた。

「まずは、彼女の正体を探る必要がありそうですな」

「名前からして、雪の精かもしれませんね……」

そんなに単純ではないだろうと思いながらも、つい、口にしてしまう。しかし、亜門は、

「その通りです！」と叫んだ。

「えっ、本当に雪の精なんですか⁉」

「憶測ですが。丁度、街の雪が溶け切る時期でもありますし、寺島君自体が雪の気配をほのかにまとっておりましたからな。――しかし、何故、雪の精が彼を見染めたのか」

私と亜門は、ふたりして寺島の本を覗き込んだ。

「えっと、例えば、彼が作った雪像が精霊になったとか……」

「ふむ。ロマンチックな展開で、私は好きですぞ」

亜門は頷くものの、何処か含みがある言い方だ。

「亜門は、どう思っているんですか？」

「もし、彼の作った雪像であれば、出会うのは聖橋でなくても良い筈なのです」

「あ、そうか」

そう。寺島は家の近所に雪像を作っていた。ならば、家の近くで雪の精と遭遇してもいいはずだ。

それなのに、何故、聖橋なのか。

「聖橋に行ってみる必要があるかもしれませんな」

「あっ、聖橋ならば、僕が写真で撮りましたよ。と言っても、聖橋から見た神田川と御茶ノ水駅ですけど……」

役に立てるかどうか分からないが、携帯端末の画像を開いてみせる。すると、亜門は目を見張った。

「画面の隅に、不自然な雪の塊がありませんか？」

確かに、ただ雪かきをしただけではなさそうな雪の塊がある。縦長の柱のようだが、微妙なくびれが存在していた。

「これ、何を象ったんですかね」

「随分と溶けてしまったようですな。ここが腕、ここからここまでが、人間の胴に見えませんか？」

あっ、と思わず声を上げてしまう。

亜門の言う通り、その雪の塊は、人間を象ったようなものだった。胸のふくらみのようなものがあるので、女性だろうか。

作られた当時の面影はすっかりなくなっているだろう。というか、亜門に指摘されるまで、私もただの雪の塊だと思っていた。

もはや、頭がどうなっていたかの想像もつかない。明日、陽の光を一日中浴びれば、完全に溶けてしまうだろう。

「もしかして、これって、寺島さんが直したっていう雪像じゃあ……」

「その可能性は、大いにありますぞ。彼の神さながらの技術のためか、それとも、愛情のためか、はたまた、両方がためか。ただの雪像だった彼女に、生命の息吹を与えたのです」

「それが今、消えようとしている……」

「はい。雪はいずれ水となって、川を下る宿命ですからな……」

亜門は沈痛な面持ちだった。

「どうにか、出来ないんですかね」

「お気持ちは分かりますが、運命に抗うことは出来ないのです」

亜門も私も、深い溜息を吐く。店内に、重い沈黙が降りた。

〝水の精〟のウンディーネは、人間と違って魂を持たないのだという。彼女らは自然の霊によって動かされ、彼女らもまた自然の霊を動かせるが、死んでしまったら自然の霊に吹き飛ばされて消えてしまうのだという。

では、雪の精たる雪子もそうなんだろうか。

「しかし、このまま消える運命にある彼女の、魂を救うことは出来ます」

「魂を……？」

「悲しい気持ちのまま、終わらせたくはないでしょう？」

亜門の問いに、私は頷いた。迷う必要は無かった。

そう、魂を持たなかったウンディーネも、魂を持てたのだ。そして、その方法は――。

「では、彼女の魂を救う方法を、司君に先に教えます。理屈は簡単なのですが、これを理解出来る方は少ないでしょうな。あとは、彼に賭けることにしましょう」

そう言った亜門の目は、とても遠かった。まるで、過ぎ去りし日々を、思い出しているかのようであった。


翌日、午後になってから、寺島はちゃんとやって来た。

不安げな彼に、亜門はこう切り出す。

「さて、彼女の正体が、大凡摑めました」

「本当ですか⁉　住所とか、勤め先とか、通っている病院とか……！」

寺島から期待の眼差しが向けられる。しかし、亜門は首を横に振った。

「そういった類(たぐい)のものは御座いません」

「えっ、それってどういう……」

「寺島君。これから耳にすることを、信じて頂けますかな。そして、何があっても受け入れると、誓って下さい。そうでなければ、私はあなたに何も教えて差し上げることは出来ない」

「誓いますよ、それくらい！」

誓いの言葉は、驚くほどあっさりと飛び出した。彼はまだ、自分がどのような状況にあるのか、理解していないのだ。

亜門と目が合う。しかし、彼は覚悟を決めたように、寺島に真実を打ち明けた。

彼女が雪の精かもしれないということ。修復した雪像に命が宿ったのだろうということ。

そして、それがまさに今、潰えようとしていることを。

「は……？　ゆ、雪の精って。そんな、おとぎ話みたいなこと……！」

話を聞くなり、寺島はそう言った。

無理もない。普通の人間ならば、そんな反応をするだろう。

「そうか……。僕が失恋したからといって、からかっているんですね」

「そ、そんなことないですよ！」

抗議する私の横で、亜門は毅然(きぜん)とした態度でこう言った。

「あなたがそう思うのならば、それで構いませんぞ。哀れ、雪の精は神田川の流れに還って行くだけです。しかし、あなたが少しでも彼女を想うのであれば、我々を信じて頂けませんか？」

亜門の賢者の瞳が、寺島をじっと見つめる。寺島もまた、不審げな眼差しではあったが、亜門を見つめ返した。

「……あなた達が嘘を吐いているようには思えない。だけど、到底信じられない」

「でも、誓いは……」

私が口を挟むと、寺島はくわっと目を剝いた。

「誓い？　まさか、こんな現実離れした話が待っているとは思わないじゃないか！　そんなの、無効です！」

彼は声を荒らげるが、はっと我に返った。目を閉ざして深呼吸をすると、静かに席を立つ。

「あっ、何処へ！」

「僕はこれにて失礼します。貴重なお話を有り難う御座いました」

鉄仮面のように硬い表情で、寺島は席を立つ。私は追いすがろうとするものの、亜門に止められてしまった。

「寺島君。今日が彼女と会える最後のチャンスです。このまま、聖橋に向かうのですか？」

寺島は、後ろ姿だった。その背中を介して聞こえたのは、「いいえ」という信じられない返事だった。

「えっ、それじゃあ」と私は息を呑む。

「少し、気持ちの整理をしたいんです。……独りにしておいて下さい」

寺島はそう言うと、我々が見送る中、新刊書店へと戻って行った。

彼が居なくなった店内は、静かだった。いつもＢＧＭとして鳴らしていたレコードは、いつの間にか音が途絶えていた。

「亜門……」

寺島はどうする気だろうか。このまま、雪子と会わないつもりなのではないだろうか。

我々は、余計なことをしてしまったんじゃないだろうか。

後悔の念が、一気に噴き出して、マグマのように私の心を焦がす。

しかしそれ以上に、亜門が心配だった。彼は過去の悲劇を思い出し、ふさぎ込んでいないだろうか。

「……今は、彼を信じましょう」

亜門は、寺島が消えて行った扉を、じっと見詰めていた。

それは繊細で悲観的な男の目ではなく、人間を導く賢者の眼差しだった。

「そう……ですね」

私もまた、寺島が閉ざした扉を見つめる。

「僕達に、何か出来ることはありませんかね。その、彼を信じるのは勿論なんですけど、何も出来ないのは歯痒くて」

「司君は、真摯な方ですな」

亜門が、私の肩にポンと手を置く。

「い、いえ。僕はただ、自分が関わった以上は、自分の出来る限りのことをしたいだけです。出来ることをしないで失敗するなんて、悔しいじゃないですか」

「そのお気持ちは大事ですな。司君の責任感、私は高く評価しますぞ」

亜門は目を細めて微笑む。

しかし、それも一瞬のことだった。すぐに、真剣そのものの表情になる。

「精霊だったウンディーネが人間の心を持てたのは、彼女を愛し、彼女が愛する騎士の存在があったからです。今回もまた、雪の精に命を与えた寺島君が踏み出さなくては、意味がないのです」

人間と真実の愛を交わした時、ウンディーネは魂を得た。お転婆で悪戯好きで刹那的だった彼女は、楚々とした優しい女性となったのである。

だが、今の寺島は——。

「そ、その……。雪子さんと思しき雪をかき集めて、冷凍庫に保管したり、周りに保冷剤を置いたり、そんな方法じゃあ、彼女の寿命は延びないんですか？」

「……そうですな。この場合、物理的に守ればいいというものではありません」

「じゃあ、僕らに出来ることは、本当に無いんですね……？」

「そんなに落胆しないで下さい。直接関わることは出来なくとも、間接的に関わることは出来ます」

「間接的に」

私が顔を上げると、亜門は軽く目をつぶった。

「黄昏時に、聖橋に向かいましょう。我々が雪子さんと会うのです。もし、寺島君が現れなくても、雪子さんから伝言くらいは承れるはずです」

「あ、そっか。そうですよね……」

自分にも出来ることがある。そう考えると、幾分か救われた。

もし、選択が間違っていたとしても、最良の結果へと導いてやればいい。

そう思いながら、亜門と共に聖橋へ向かうべく、コートを着込んだのであった。

我々が聖橋に着く頃には、陽は西の空に沈みかけていた。

街は徐々に黄昏色に染まっていく。昼とも夜ともつかない、曖昧な色に。

大通りには、帰路につく車が行き交い、学生達もまた、駅へと急いでいた。雪の名残はほとんど溶けてしまい、最早、水となって排水溝に吸い込まれるのも時間の問題となっていた。

そんな聖橋の片隅で、若い女性がぽつんと佇んでいた。注意して見なければ、彼女の存在には気付けない。それほど、気配が希薄だった。

「雪子さんですかな？」

声をかけられた彼女は、うつむき気味だった顔を上げる。

吸い込まれそうに肌は白く、烏羽玉の黒髪の艶やかさが際立っていた。容姿は端麗だが、無機物的な美しさではなく、或る種の艶めかしさが彼女を余計に美しく見せていた。全体的に白のコーディネートで、清楚さの中に冷たさが入り交じっていた。

私は、この女性がこの国で何と呼ばれているか知っていた。

彼女は、雪女だ。

「よく、私に気付きましたね」

雪女は小さな唇にほのかな笑みを乗せる。

「私は今夜にでも、消えてしまう運命です。だから、こんなにも気配が希薄になってしまった。そんな私に誰も気付かないというのに、私に声をかけるあなたは何者ですか？」

「私は、魔法使いです」

亜門は迷うことなくそう答えた。雪子はきょとんとした顔で、我々を見つめている。

「そちらの方は、その弟子ということでしょうか？」

「いいえ。私の親友です」

亜門はまた、よどみなくそう言った。

雪子は信じられないといった表情をしていたが、やがて、眩しそうに目を細めた。

「あなた達は違う世界に生きているというのに、そんなにも強い絆で結ばれているのですね」

「そうですな。あなたと、寺島君のように」

亜門がそう言った途端、雪子は顔を強張らせる。警戒を露わに、二、三歩下がった。

「どうして、彼のことを？　――まさか」

「はい。寺島君が、我々に話してくれたのです」

「あなた達に、話して……？　そんな彼がここに来ないというのは――」

雪子はハッとした。

彼はいつも、陽が沈む頃には聖橋の上に居た。そして、陽が沈むまで雪子と一緒に居てくれたのだと言う。

しかし、最期の日だというのに、彼の姿は無い。

どう考えても、いつもとは違う何かが起こったに決まっていた。

「あなた達が、彼に何かを吹き込んだのですね⁉」

雪子は亜門に摑みかかる。体格では劣っているものの、それを感じさせぬほど凄まじい剣幕だった。彼女の眦は吊り上がり、美しい貌は恐ろしい形相になっていた。

「ゆ、雪子さん……」

彼女の迫力に慄きながらも、亜門から引き離そうとする。

しかし、彼女に触れた瞬間、指先に凍るような冷たさを感じた。

「っ……！」

ドライアイスを押し付けられたような感覚に、思わず手を引っ込める。亜門は黙って、こちらに視線をくれた。まるで、「この場は私にお任せください」と制すかのように。

「確かに、私は寺島君にあなたの正体を明かしました。あなたが、雪の精であるということ。そして、今日が最期だということを」

「何てことを……！」

彼女の顔は見る見るうちに青くなる。

「せめて、最期に一目見ようと思ったのに！　あなたは、この無力な私のささやかな楽しみすらも奪おうというのですか！」

雪女は髪を振り乱す。辺りの気温が、急激に下がっているような気がした。吐く息は一層白くなり、歯の根が合わなくなって来る。

そんな中、亜門はただ、彼女を見つめていた。いつもの賢者の眼差しとも、父親の眼差しともつかないそれで。

「……あなたは、自分の正体を隠したまま、彼と別れても良かったのですか？」

「えっ……？」

「彼は、あなたを愛していました。あなたも、彼を愛しているのでしょう。だからこそ、本当の自分を知って貰いたいと思うのではないですか？」

その言葉に、胸が締め付けられた。

そこには、亜門の望みも込められているように思えたからだ。彼もまた、彼が愛した女性に、全てを受け入れて貰いたかったに違いない。

しかし、彼にはその勇気が無かった。愛した女性に全てを打ち明けられないまま、今生(こんじょう)の別れを迎えることとなってしまった。

それを、彼はずっと後悔していたのだろう。

「……でも、だからと言って」

雪子は躊躇(ためら)うような素振りを見せる。

そんな彼女の手に、亜門はそっと己の手を重ねた。

「雪子さん」

「な、何ですか……」

「彼を、信じて下さい」

亜門が雪子を見つめる。雪子もまた、彼を見つめ返す。

「私も、信じたいのです」

亜門は、祈るように目を伏せた。空は徐々に暗くなり、自動車のヘッドライトが我々を照らし出す。

その時だった。奇跡が起きたのは。

「雪子！」

寺島の声だ。

御茶ノ水駅の方から、白い息を吐きながら、彼がやって来るではないか。髪はすっかり乱れ、マフラーも外れかけ、コートもまくれ上がっていた。

そんな有様を気に止めることもなく、彼は真っ直ぐに彼女の方へ走って来た。

「雪人（ゆきと）……！」

雪子は叫ぶ。それが、寺島の名前なのだろう。雪の精に魅入られた彼に、相応（ふさわ）しいと思ってしまった。

亜門はそっと雪子を引き離し、寺島の方へと身体を向けさせる。彼女は最早、なされるがままだった。

「どうして……ここに……」

「どうしてって、君に会うためにここに来たんだ」

雪子と寺島は向かい合う。紫が濃い空には、星が現れ始めていた。

「雪子、お願いだ」

寺島は鞄の中から、小さな箱を取り出す。両手にしていた手袋を放り投げ、かじかむ手で包装紙を破き、何度も指を滑らせながら、箱をこじ開けた。

「これ、君に。もっと君に似合うものが欲しかったし、いっそ自作したかったんだけど、そんな時間が無くて……」

寺島が箱から取り出したものに、雪子は息を呑んだ。

「こんな安物で、申し訳ないんだけど」

寺島が差し出したのは、シンプルな銀の指輪だった。寺島は雪子の手を取ると、そっと、その細くて美しい薬指にはめた。

「雪子、結婚してくれ。君のすべてを、僕に預けて欲しい」

「で、でも、私……」

雪子は亜門の方をちらりと見やる。彼女の言いたいことを察したのか、寺島は首を横に振った。

「君が何であろうと、僕が愛した君だ。それは絶対に変わらない。だから、こうして気持ちを伝えに来たんだ」

寺島は真っ直ぐに彼女を見つめていた。何者にも揺るがせない強い意思が、そこには宿っているようだった。

雪子はしばらく彼を見つめていた。彼女の時間だけ止まってしまったかのようだった。

しかし、やがて、その頰に涙が伝う。唇を戦慄かせながら、彼女は言った。

「……本当に、私でいいの？」

「君がいいんだ」

「だって私、人間じゃないのに」

「永遠の愛を誓う相手が人間じゃないといけないなんて、誰が決めたんだ」

「でも……」

いつの間にか、彼女の双眸は涙で溢れかえっていた。顔をぐしゃぐしゃにしながら、嗚咽で言葉を詰まらせつつも、彼女は言った。

「私はもう、いなくなってしまうのに……！」

「いなくなんてなるものか。僕の心に、ずっと君を刻むから！」

寺島がそう叫んだ途端、雪子は彼の腕の中に飛び込んだ。彼の胸に顔を埋め、手を背中に回して彼を抱く。

「ありがとう……。私も、あなたを愛してる……。ずっと、一緒よ……」

寺島もそれに応えるかのように、雪子を抱いた。街灯が照らし出す彼らの影が一つにな西の空の光が、幕を引くように消えて行く。雪子の姿は更に薄くなり、頼りないものになって行った。

それでも、寺島は彼女を抱き続けた。雪子もまた、彼を抱き続けた。

最期の一瞬も離れない。そんな強い意思を示しながらも、やがて、雪子の姿は虚空(こくう)に溶けて行った。

「あっ……」

私は思わず声を漏らす。

寺島の腕の中で、ぱっと淡い光が飛び散った。それはまるで蛍のように、いや、雪のようにちらちらと舞いながら、聖橋の下を流れる神田川へと消えて行った。

「雪子……」

寺島は、虚空を抱いたままだった。雪像があったと思しき場所には、濡れた跡だけが残されていた。

「いっちゃいましたね……」

私はポツリと呟(つぶや)く。すると、寺島は首を横に振った。

「彼女は、心を遺(のこ)していってくれました。美しい思い出もたくさんくれた。だから、僕は大丈夫です」

寺島は立ち上がろうとする。しかし、その足はふらつき、膝が折れてしまった。

「おっと、危ない」

亜門に支えられるものの、寺島はふらふらとするだけで、なかなか自分で立てない。

「あ、あれ？」

彼は不思議そうな顔をしていた。しかし、何度立とうとしても、ゴム人形のように脚がふにゃふにゃになってしまうのだ。

「寺島君」と亜門は声をかける。

「は、はい」

「我慢しなくて良いのですぞ。ここに居るのは、魔法使いと君と同じ年頃の男子です。心を押し殺す必要もありません」

そう言われた途端、「うっ」と彼は呻く。凛とした双眸からは力が失われ、代わりに、涙が溢れ出た。

「うっ、ううっ……」

彼は亜門に支えられたまま泣き出した。亜門は、その背中をぽんぽんと軽く叩いていた。

「よくぞ、想いを伝えましたな。彼女の魂も、あなたによって救われたはずです」

空には夜の帳が降りていた。陽の光はすっかり失せ、星と都会の街が空を照らしている。

「とまあ、何がどうなったかは、今はさて置きましょう。まずは、あなたの気持ちを整理することですな。頭で分かっても、心というものは実に頑固で自由にならないものです」

亜門は苦笑交じりに、こちらを見やる。

「司君も、付き合って頂けますかな？　我が隠れ家の貯蔵庫に、秘蔵のお酒がありましてな。今夜は、それを開けましょう」

どうやら、寺島を〝止まり木〟に連れて帰るらしい。私も、それには賛成だった。今、彼を独りにするのは、あまりにも酷だと思ったからだ。

「分かりました。ただ、僕はアルコールを飲むと眠ってしまうので、ノンアルコールの何かを頂ければと……」

「畏まりました。司君には、秘蔵の豆で珈琲をお淹れしましょう」

亜門は寺島を支えながら、〝止まり木〟へと向かう。その心中は読めなかったが、寺島達の様子を見て、彼なりに過去を清算出来ていればと思う。

ふたりの背中を見失わないように気を付けつつ、私は或るものを探した。頼りないとは言えない街灯りの下でも、それは見つけることが出来なかった。

「……きっと、彼女が持って行ったんだろうな」

聖橋から、神田川を覗き込む。雪解け水で少しばかり増水した神田川が、海に向かって静かに流れていた。

あの婚約指輪も、一緒に海に行くのだろうか。その先は、彼女と共に天に昇るのだろうか。

雪子は、真実の愛とともに魂を得た。彼女の心は消えずに、魂の旅をするのだろう。彼女の旅路が、少しでも良きものになるよう。私もまた、ささやかながら祈りを捧げたのであった。

その日の翌朝まで、私と亜門は寺島に付き合った。

寺島は、彼女との思い出話をたくさん聞かせてくれた。たった数日の、しかも数時間の仲とは思えないほど、ふたりはたくさんの思い出を作っていた。

寺島を見送った後、亜門は本を読んだり、本を買いに行ったりしながら日々を過ごしていた。

亜門の真意は分からない。私にあの件について何かを語ることも、あの件について何かを感じている素振りも見せなかった。

きっと、亜門のことだ。本心を見せまいとしているのだろう。そう考えると、私はとても歯痒くなる。

「あの、亜門」

「何ですかな？」

「寺島さんの本ですけど、続きはどうなりました？」

亜門は、読んでいた本から顔を上げる。少しばかり、困ったような表情だった。

「それが、まだなのです」

「まだ？」

「物語が完結していないのです」

読んでいた本に栞（しおり）を挟み、亜門は立ち上がる。そして、書棚からタイトルの無い本を持って来た。

「本当だ……。これって、物語が完結したら、タイトルが浮かぶはずですよね」

「そうです。寺島君を見送った後にこの本を確認してみたのですが、我々が関与したところで記述は途絶えておりました」

その翌日も、続きは記されていなかったのだという。

ふと、最悪な結末を想像してしまう。しかし、亜門もそれを察したのか、首を横に振った。

「万が一、彼自身の物語が途絶えてしまったとしても、それは本に反映されるはずです」

自ら命を絶ったのだとしたら、そのような結末で物語が終わるそうだ。勿論、そんなバッドエンド、亜門が望むものではない。

「……ちょっと見てもいいですか？」

「ええ。私も、確認する頃合いだと思っておりましたからな」

ふたりで見ましょう。と亜門は提案してくれる。

私は頷きつつ、厚手の表紙をめくろうとする。しかし、その時、入り口の扉からノックの音が聞こえた。

「あれ、誰だろう。こんな時に……」

「ふむ。コバルト殿ではなさそうですな」

コバルトは嵐のように入ってくるので、彼ではない。三谷やその同僚の玉置も時々やって来るし、ごくまれに、以前亜門に救われた若き経営者たる一条氏も訪れる。それらの数少ないリピーターのそれとも、違うように思えた。

「僕、見て来ます」

そっと寺島の本を閉じ、扉へと向かう。

もし、新刊書店の関係者やビルのオーナーなどであったら、面倒なことになりそうだ。内心でそうでないことを願いつつ、ゆっくりと扉を開いた。

「いらっしゃいませ……」

扉の隙間から、相手を窺う。その瞬間、私は言葉を失った。

「あ、あ、亜門……！」

「どうしたのですか？」

寺島の本を見つめていた亜門が、顔を上げる。憂いに陰っていた彼の表情は、扉の向こうにいた人影を見るなり、光が射したように輝いた。

「寺島君、そして――雪子さん」

「どうも。ご無沙汰してます」

寺島はぺこりと頭を下げる。その隣に、消えてしまったはずの雪の精を伴って。

私と亜門は、すぐにふたりを店内に招き入れる。

四名席の上座にふたりを座らせ、私はカップを、亜門は珈琲を用意した。

木の椅子の上で、ふたりはそわそわしていた。私達も、その倍はそわそわとしていたのではないだろうか。私なんかは、危うくカップを落とすところだった。

「――さて」

三名分の珈琲の湯気が、店内を温かく包み込む。雪子だけは、彼女の希望でアイスコーヒーだった。

「私達と別れた後の、あなた達の物語をお聞かせ願えますかな？」

亜門にそう言われたふたりは、顔を見合わせて頷き合う。

「僕は……どうしても雪子が忘れられませんでした。彼女の心は確かにここにあったんですけど、やっぱり、この腕で抱き締めたかったんです」

そこで、彼は海へと向かった。

神田川をひたすら下り、両国橋脇で合流した隅田川に沿って歩き、東京湾へと辿り着いた。

それ以来、竹芝の埠頭で、工業地帯やレインボーブリッジを眺めている日々が続いた。

その間、雪子は今、何処を漂っているのだろうとばかり考えていた。

その、或る日のことだった。

前日の夜に降った雨で、辺りには水たまりが出来ていた。自分がいつも座っているベンチの近くも、例外ではなかった。

だが、それ以外は何も変わらない。そう思って、その日もベンチで海を眺めようとした、その時だった。ベンチに、誰かが座っているのに気付いたのは。

その後ろ姿には、見覚えがある。絶対に見間違えるはずがない。しかし、ここにいる筈のない人物だった。

「いや、寧ろ、そこに居るべくして居るのだと思った時、彼女が振り向いたんです」

寺島は、雪子の方を見つめる。

そう、ベンチに座っていたのは、雪子だった。あの聖橋で会った雪のように白い彼女が、駆け寄る寺島を迎えたのである。

「私……、他の雪達と一緒に海まで行って、それから、いきなり身体が軽くなって……。気付いたら、ベンチの上に座っていたのです」

雪子はアイスコーヒーを見つめながら、思い出すようにぽつりぽつりと言葉を紡ぐ。

「そのベンチには、雪人の温もりが残ってました。そんなところで彼を感じられるのが嬉しくて、しばらくそうしていたのですが――」

「そこで、寺島君ご本人がやって来たのですな」

「はい」

雪子は深々と頷く。

奇跡が起こっていた。消えたはずの雪の精は、天に昇ったにもかかわらず、こうして、愛しい人のもとへ帰って来たのだ。

ふたりはとても幸せそうだった。

近々、身内だけでひっそりとした挙式を行うそうだ。結婚指輪を作らなくては、と寺島は意気込んでいた。今度こそ、彼の自作にしたいのだろう。

その若者ふたりを見守る亜門の瞳は、今までのどんな時よりも優しく、また、穏やかだった。

私の勝手な想像だが、ふたりを祝福すると同時に、彼の中の何かが、静かに解きほぐされたような気がしたのであった。

寺島と雪子は、手を繋ぎながら、寄り添うように帰路につく。

寺島の本は、〝雪の精〟というタイトルが浮かび上がっていた。ふたりが結婚をしようと誓ったのだというエピソードで、締めくくられていた。

「いやはや。こちらの彼は騎士ではありませんが、彼女の魂を真の意味で救えたようですな」

亜門は幸せそうな顔で表紙を撫でたかと思うと、寺島の本をしまう。書棚に収まった背表紙にも、タイトルはしっかりと刻まれていた。亜門は、それを確かめると、満足そうに頷く。

「あの、亜門……。あのふたりに、一体何が起きたんですか？」

たった一言、奇跡だと表現するのは簡単だ。しかし、亜門はそれ以上のことを知っているのではないだろうか。

私の思った通り、亜門は含み笑いを浮かべる。

「『哀しむ心が恋人と一つになるとき恋人は失われたことにはなりません。哀しみは最愛の人の姿を大切に胸にしまい、神聖な記憶の中に生き続けようとします』」

「〝水の精〟の一文ですね」

「左様。概念に依存する存在である雪子さんは、寺島君の心の中に、確かに生き続けていたのです。天に昇った彼女の魂が雨となって地上に降りて来た時、それを礎にして、再びあの姿を得たのでしょう」

「概念に依存するからこそ、人の想いが奇跡を起こす……」

「その通りですな」

「……そうですか」

　頷く亜門に、私は居ても立ってもいられなくなった。

　彼をかき乱す話題かもしれないと承知しつつも、踏み込むことを決意する。進まなければ、何の結果も得られないからだ。

「亜門。あなたのこと、コバルトさんから聞きました……」

「……コバルト殿から？」

　亜門の顔色が変わる。穏やかな賢者の表情が消え、猛禽(もうきん)の瞳が私を見つめる。眼鏡が無ければ、より鋭く感じただろう双眸を私は怯(ひる)まずに見つめ返した。

「そうです。あなたが、魔神としての信仰を受け取れず、その存在が危機に瀕(ひん)しているということを。そして、僕では、あなたを信仰することは出来ないということも」

「……そうですか」

「でも、僕があなたを心に置けば、僕が生きている間はあなたも存在出来る。――そうですよね」

「はい」

　亜門は静かに頷いた。

　私がいる間は存続出来るというのは、こういうことなのだろう。

「それって、僕がいなくなった後も、亜門を知っている人がいれば、亜門は存在出来るってことですよね？　だったら、亜門の存在をもっと沢山の人に知って貰えばいいと思うんです。あなたはとても魅力的な方ですし、加えて、世の中にはあなたが悪魔だと知っても大丈夫な人もたくさん居るはずです」

三谷だってそうだ。彼はマイペースでオカルト好きで、本に目が無いという変わった人間だが、彼のような人物が他に全くいないわけではないだろう。彼とはまた違うタイプでも、亜門が悪魔であることを気にしない人間もいるだろう。

「そういう人達の心に残って行けば、あなたはずっと存在出来る。だから、もっとこの店も色んな人に知って貰えるようにして――」

「司君」

亜門の声が、私の言葉を遮る。彼はただ静かに、私を見つめていた。

「理屈としては正しい。完璧（かんぺき）と言っても差し支えがないでしょう」

「じゃ、じゃあ……」

「しかし、そういう問題では無いのです」

亜門は首を横に振る。

そして、私に背を向けてこう言った。

「この店が、何故、このような奥の場所にあるか分かりますか？」

新刊書店の途中のフロアの、しかも本棚がたくさんある奥の壁に、特定の人間にしか見えない扉が存在している。立地も条件も、商売にも交流にも相応しくない。

亜門は商売をする必要がなさそうだが、交流は必要だし、彼が好むところだろう。ならば、靖国通りやすずらん通りなど、人通りが多い通りに店を構えれば良かったのではないだろうか。

これではまるで、人に会わずにひっそりと、しかし、自分の力を必要としている人は招こうと、最低限の交流を求めているようではないか。

「まさか……」

「私はもう、自身の存在を継続させるつもりはありません」

即ちそれは、〝亜門〟のまま死んでいくということか。魔神としての力を受け取らず、ただ、人の記憶から消えて行くのを受け入れるということか。

「そ、そんな。それじゃあ……」

「ご安心ください。この亜門、司君を悲しませるようなことをしたくはありませんし、あなたとは長く付き合いたいのです」

長いと言っても、私の寿命は精々あと五、六十年だろう。頑張っても、三桁に達するのがやっとだろうか。

しかし、私にとって長い時間も、亜門達のような魔神にとっては短い時間のはずだ。

それでは、〝彼〟は――。

「私はもう、人間の友人に置いて逝かれるのに、耐えられないのです。特に、あなたがいなくなった後は、私は毎日、身を裂かれるような孤独に苛まれることでしょう」

その言葉に、胸が張り裂けそうになった。

亜門は、愛した女性と死別している。彼の人柄ならば、きっと、私と会うまでにも何人かの人間と親しくなったことだろう。

しかし、その人達は亜門より先に逝ってしまった。

彼は常に、見送る立場だった。

「そ、その……」

続く言葉が口から出ない。珈琲で濡らしたばかりの口の中が、カラカラに乾いている。

粘膜が張り付くような苦痛を抱きながらも、何とか紡いだ言葉は、これだった。

「その、出来るだけ、長生きしますから……」

「有り難う御座います。そのお心遣いだけでも、この亜門は嬉しく思いますぞ」

彼の声は優しかった。しかし、彼は振り向こうとはしなかった。

私も、彼に顔を見られたくなかった。きっと今、私はとてもひどい顔をしていることだろう。

涙で霞む目を、ぎゅっと閉じる。鼻水が落ちそうな気配を感じて、洟を啜った。

それ以上踏み込めない私の、不甲斐なさを呪った。それ以上の案が浮かばない私の、愚かさをなじった。

（もし、亜門が僕と共にいなくなろうとしているのならば……）

私としては、身に余る光栄だった。

しかし、それは私のことだけを考えた場合に限る。彼の友人は、私だけではないのだ。

――遺されたコバルトさんは、どうなるんですか？

その一言は、噛み締めた唇から、紡がれることは無かった。

ふと、私の頭に何かが触れる。

顔を上げなくても分かる。その力強くて温かい感触は、亜門の手だ。いつの間にか、彼はそばに佇んでいた。

「亜門……」

「司君。あなたにはご苦労をおかけしますな」

今こうして、私が板挟みになって苦しんでいるのを察してくれたのだろうか。その手は子供にするように私を撫でるわけでもなく、ただ、静かに頭に触れているだけだった。心は苦しくても、それは温かかった。締め付けられそうな胸を解きほぐしてくれるかのように、彼の慈しみに溢れた掌は、私にずっと触れていてくれたのであった。

僕は無力だ。

胸にはただ、そんな言葉だけがぐるぐると渦巻いていた。

亜門をどうにかしたいのに、その亜門に慰められている。コバルトには何かと世話になっているのに、彼の想いすら伝えることが出来ない。

帰宅した私を待っていたのは、電気の点いていない部屋だった。

真っ暗な外の様子を映し出す窓にカーテンをかけ、電気を点ける。部屋はすっかり冷えていて、息が白かった。

いつもならば、すぐに暖房をつけるのだけれど、今はこの肌寒さが心地よい。私の中の哀しい気持ちを、代弁してくれているようだからだ。

一体、どうしたらいいのか。いや、一体、どうしたいのか。

最早、私には分からなくなっていた。いっそのこと、全てが流れるままに身を任せてしまおうかと思った。

だが、その時、ふとデスクの上を見やる。

卓上では、ブックラックが何冊かの読みかけの本を抱いていた。その中に、端に追いやられるようにして存在する貧弱な背表紙を見つけた。

「僕の本……」

そう、亜門に初めて会った時、私の人生を本にしたものだ。なかなか続きが増えなくて哀しいので、出来るだけ自分の目に触れないようにしていたのである。

きっと、これも相変わらずなんだろう。

亜門と親友になったことが、私の人生のピークだったのではないだろうか。

そう思いながら頁をめくった瞬間、目を疑った。

そこにあったのは、あの一文だけではなかったのだ。

「続きが、現れている……」

それは、亜門の寿命のことについて、コバルトから教えて貰った時のことだった。それから、試行錯誤していた自分の気持ちも、丁寧に書かれている。

その最後の一文から、私は目が離せなかった。

――私は亜門もコバルトも幸せにしたい。みんなでハッピーエンドを迎えたい。

ああ、そうだ。

私は目が覚めるのを感じた。濁っていた視界が、急に晴れていくのに気付いた。

私がしたいことは、自分の心がよく分かっていた。

私は、ハッピーエンドを紡ぎたいのだ。

それは、私だけではない。亜門だけでも、コバルトだけでもない。この三者が、納得するような形で幕を下ろしたいのだ。

「……分かったよ、僕」

そっと、自分の本を閉じる。もう、迷う必要は無かった。

「亜門が他人をハッピーエンドにして来たように、僕も大切なひと達をハッピーエンドに導かないと」

胸の中で何かが燃えるのを感じた。

これは、使命感というものだろう。もう、部屋の寒さは感じない。この熱のままに足を動かそう。

この先にあるハッピーエンドへと、辿り着くために。大切なひと達を、笑い合って幕を下ろせる未来に導くために。

〈 蒼月海里の本 〉

幻想古書店で珈琲を

大学を卒業して入社した会社がすぐに倒産し、無職となってしまった名取司が、どこからともなく漂う珈琲の香りに誘われ、古書店『止まり木』に迷い込む。そこには、自らを魔法使いだと名乗る店主・亜門がいた。この魔法使いによると、『止まり木』は、本や人との「縁」を失くした者の前にだけ現れる不思議な古書店らしい。ひょんなことからこの古書店で働くことになった司だが、ある日、亜門の本当の正体を知ることになる――。切なくも、ちょっぴり愉快な、本と人で紡がれた心がホッとする物語。

ハルキ文庫

あ26-4

幻想古書店で珈琲を（げんそうこしょてんでこーひーを） 心の小部屋の鍵（こころのこべやのかぎ）

著者 蒼月海里（あおつきかいり）

2017年3月18日第一刷発行

発行者 角川春樹

発行所 株式会社角川春樹事務所
〒102-0074 東京都千代田区九段南2-1-30 イタリア文化会館

電話 03(3263)5247(編集)
03(3263)5881(営業)

印刷・製本 中央精版印刷株式会社

フォーマット・デザイン 芦澤泰偉
表紙イラストレーション 門坂 流

ISBN978-4-7584-4072-1 C0193 ©2017 Kairi Aotsuki Printed in Japan
http://www.kadokawaharuki.co.jp/[営業]
fanmail@kadokawaharuki.co.jp[編集] ご意見・ご感想をお寄せください。

【参考文献】

スティーヴンソン 著／田口俊樹 訳『ジキルとハイド』（新潮文庫）
フケー 著／識名章喜 訳『水の精（ウンディーネ）』（光文社古典新訳文庫）

本書はハルキ文庫の書き下ろし作品です。